おはなし日本文化

刀剣《とうけん》

めざせ、刀《とう》剣《けん》マスター！

石崎洋司《いしざきひろし》 作　　かわいちひろ 絵

講談社

「水《みず》の呼吸《こきゅう》！　壱《いち》ノ型《かた》！　水面《みなも》斬《ぎ》り！」

ビュンッ！

おおっ、空気を切りさくいい音！

「庭でなにをしているのかと思ったら、また『鬼滅《きめつ》の刃《やいば》』ごっこ？」

あ、ねえちゃん。

「いいじゃん。ぼく、炭治郎《たんじろう》が大好きなんだから」

「じゃあさ、炭治郎たち鬼殺隊《きさつたい》が使ってる日輪刀《にちりんとう》のモデルを見に行かない？」

えっ……。

「県立博物館で、今日から刀剣展示会《とうけんてんじかい》がはじまってるの！　国宝《こくほう》をはじめ、めったに見られない刀剣《とうけん》がいっぱい！　あこがれの三日月《みかづき》さんもいらっしゃるのよ！」

は？　三日月さんって、だれ？

「『三日月宗近《みかづきむねちか》』よ！　たおやかな美少年で、凜《りん》として、すてきなの！」

刀剣
展示会

ああ、ゲームの話か……。ねえちゃん、『刀剣乱舞《とうけんらんぶ》ONLINE《オンライン》』っていう、日本刀が人の姿《すがた》になって活躍《かつやく》するゲームにどハマりしてるんだよね。

「ああ、国宝《こくほう》で天下五剣《てんかごけん》のひとつの『三日月宗近《みかづきむねちか》』を見られるなんて！」

「天下五剣《てんかごけん》？　なにそれ？」

「日本刀の傑作五振《けっさくいつふり》のことよ。あ、刀は〝一本二本〟じゃなくて〝一振二振《ひとふりふたふり》〟って数えるのよ。おぼえておきなさい。こんどの展示会《てんじかい》は、天下五剣《てんかごけん》のうちの三振《みふり》が出品されてるの！　こんなチャンス、めったにないのよ！」

ねえちゃん、ゲームのおかげで刀剣《とうけん》にもくわしくなったみたい。でも、ってことは、日輪刀《にちりんとう》のモデルが見られるっていうのも、ほんとかも。

「それで、日輪刀《にちりんとう》のモデルはなんていうの？」

「ひとつとはきまってないの。どちらも天下五剣《てんかごけん》に入っている刀なんだけど、『鬼丸国綱《おにまるくにつな》』か『童子切安綱《どうじぎりやすつな》』……」

「『鬼切丸《おにきりまる》』を忘《わす》れとるぞ！」

玄関《げんかん》のほうから声がした。と思ったら、庭にゆらりと人影《ひとかげ》が……。

「あ、おじいちゃん」

近くに住んでいるおじいちゃんだった。

「おじいちゃん、どうしたの？」

「県立博物館で、刀剣《とうけん》の展示会《てんじかい》があると知ってな。なんでも国宝《こくほう》や、ふだん見ることのできない貴重《きちょう》な刀剣《とうけん》も展示《てんじ》されるらしいんだ。こんな地方の博物館に、こんなにたくさんの名刀が集まるなんて、信じられないことだ。とくに『鬼切丸《おにきりまる》』のすばらしさを、奈々《なな》と瀬那《せな》にどうしても教えたいと思って、とんできたんだよ」

ねえちゃんとぼく、また、顔を見あわせた。

だって、おじいちゃんが刀にくわしいなんて、知らなかったから。

いままで、刀のことなんか、ひとことも口にしなかったのに……。

「でも、なぜ『鬼切丸《おにきりまる》』のすばらしさだけ？　だいたい、あれは天下五剣《てんかごけん》に入ってないし……」

ねえちゃんがそういったとたん。

「そこが納得《なっとく》いかんのだよ！」

わっ……。

「あれは別名『髭切《ひげきり》』ともいって、天下の名刀なんだ！　ほんとうなら、それもふくめて、天下六剣《てんかろっけん》にすべきなんだよ！」

「おじいちゃん、わかったから、あんまり興奮《こうふん》しないで」

「う、うむ。いや『鬼切丸《おにきりまる》』だけを推《お》すわけじゃないぞ。おまえたちふたりが、日本刀に興味《きょうみ》があるとわかったから、その歴史《れきし》や造《つく》り方《かた》、美しさを、わかりやすく話してやろうと思ってるんだ」

それはうれしいけど、ぼくたちが刀に興味《きょうみ》があるって、いつ知ったのかな。

「それじゃあ、行くぞ。日輪刀《にちりんとう》のモデルには、『鬼切丸《おにきりまる》』がふさわしいこと、『三日月宗近《みかづきむねちか》』に負けない美しさがあること、見せてやる！」

あれ？　結局、『鬼切丸《おにきりまる》』推《お》し？
ねえちゃんとぼくは首をかしげながら、あとをついていった。

電車で十分。県立博物館の近くの駅は、混雑《こんざつ》していた。

「みんな、刀剣展示会《とうけんてんじかい》に行く人たちよ。やっぱり人気なのね」

それに、若《わか》い女の人も多いね。ねえちゃんみたいな刀剣女子《とうけんじょし》なのかも。

「で、おじいちゃん。ひとつ聞きたいんだけど。さっきから、天下五剣《てんかごけん》がどうのこうのっていってたけど、だれがその五振《いつふり》を決めたの？」

「それがよくわかってないんだ。五百年も前のことだからな。ただ、天下の名刀として、ほめたたえられてきたんだ。ほかにも美しい刀はあるのに」

よっぽど『鬼切丸《おにきりまる》』のことがくやしいんだね。

「それより、展示会《てんじかい》に入るまえに、日本刀とはなにかを知ってもらおうか」

「え？　日本で作られた刀だから、日本刀っていうんでしょ」

「そんなにかんたんな話じゃないぞ。そもそも、刀と剣《けん》はちがうんだ」

そうなの？　って、同じなら、わざわざ『刀』と『剣《けん》』って、ちがう言葉を使う必要はないか……。

「あたし、知ってる。両方に刃《は》がついているものが『剣《けん》』、刃《は》が片方《かたほう》だけのものが『刀』っていうのよ」

「よく知ってるな、奈々《なな》。そのとおりだ」

それから、おじいちゃんは、世界でいちばん古い刀剣《とうけん》とされているものは、紀元前《きげんぜん》三〇〇〇年ごろ、いまから五千年も前に作られたって、教えてくれた。

「イタリアで発見されたそれは、青銅《せいどう》のなかでも特に古いとされるヒ素青銅《そせいどう》でできた両刃《りょうば》の剣《けん》なんだ。貴族《きぞく》か戦士《せんし》のお墓《はか》に供《そな》えられたものか、儀式《ぎしき》の道具だったと考えられている」

青銅《せいどう》はやわらかいので、武器《ぶき》にはあまりむいてないんだって。

「武器《ぶき》としては、やっぱり硬《かた》い鉄がいいんだ。で、世界最古の鉄剣《てっけん》は、その七百年後、紀元前《きげんぜん》二三〇〇年ごろに作られたらしい」

現在《げんざい》のトルコで発見されたもので、形はやっぱり両刃《りょうば》の剣《けん》なんだって。

「この剣《けん》の鉄は、じつは隕石《いんせき》からとったものらしい。だから、たくさんは造《つく》られなかった。が、その千年後、ヒッタイトという民族が、すでにはじまっていた製鉄《せいてつ》の技術《ぎじゅつ》を大きく発展《はってん》させると、武器《ぶき》として鉄剣《てっけん》が広まったんだ」

それ以来、西洋で刀剣《とうけん》といえば、両刃《りょうば》でまっすぐな鉄剣《てっけん》になったんだって。

「ファンタジーやRPGに出てくる剣《けん》も、みんな、そんな形よね」

ねえちゃんが、スマホで検索《けんさく》した画像《がぞう》を見せてくれた。それは、アーサー王伝説に出てくる、魔法《まほう》の力が宿る剣《けん》『エクスカリバー』。

「両刃《りょうば》の剣《けん》は、敵《てき》をたたいたり、突《つ》き刺《さ》すのにむいている。こんなふうにな」

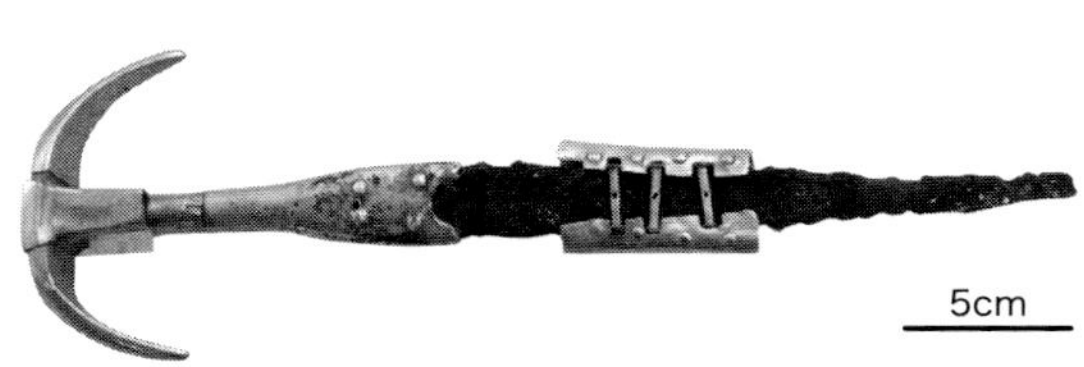

隕石《いんせき》からとった鉄で造《つく》られた世界最古の鉄剣《てっけん》。
写真提供：中井泉氏

おじいちゃん、人通りの多い道なのもかまわず、ＲＰＧのキャラみたいに剣《けん》を突《つ》き刺《さ》すポーズをしてる。

「一方、日本刀のように反りのある片刃《かたは》の刀は、敵《てき》をスパッと斬《き》り倒《たお》す！」

おじいちゃん、こんどは腰《こし》に手を当てて……。

「炎《ほのお》の呼吸《こきゅう》、壱《いち》ノ型《かた》、不知火《しらぬい》！」と、刀をぬくふりをした。

おっ！　おじいちゃん、煉獄《れんごく》さんみたいで、かっこいいね！

「おじいちゃん、やめて。歩いてる人たち、笑ってるわよ」

ねえちゃん、はずかしそう。でも、おじいちゃんは平気な顔。

「だったら、おじいちゃん、日本の刀は西洋の剣《けん》とは関係ないってこと？」

だとしたら不思議だよね。だって日本の文化って、たいてい、大むかしに外国から伝わったものが元になってるでしょ。

「いやいや、日本の刀剣《とうけん》も、最初は両刃《りょうば》の剣《けん》だったんだ。見てごらん」

おじいちゃんは、自分のスマホを取りだすと、写真を見せてくれた。

「これは『天叢雲剣《あめのむらくものつるぎ》』。別名『草薙剣《くさなぎのつるぎ》』だ」

あれ？　その名前、聞いたことあるぞ。なんだっけ？

「三種《さんしゅ》の神器《じんぎ》という、歴代《れきだい》の天皇《てんのう》が受けついできた三つの宝物《ほうもつ》のひとつだよ。ほかに『八咫鏡《やたのかがみ》』と『八尺瓊勾玉《やさかにのまがたま》』がある」

ぼくの心を読んだように、おじいちゃんが教えてくれた。

「で、瀬那《せな》。『草薙剣《くさなぎのつるぎ》』はどんな形をしてる？」

「あ、両刃《りょうば》の剣《けん》だ。なんか『エクスカリバー』っぽい……」

「そう。日本の神話に出てくる古い剣《けん》も両刃《りょうば》なんだ」

『草薙剣《くさなぎのつるぎ》』は天皇《てんのう》の武力《ぶりょく》の象徴《しょうちょう》。宝物《ほうもつ》なので戦闘《せんとう》には使われなかったらしい。しかも本物は非公開《ひこうかい》で、そもそも鉄剣《てっけん》か銅剣《どうけん》かもわかってないんだって。

「しかし、はるかむかし、大陸から伝わってきた武器《ぶき》は、両刃《りょうば》の剣《けん》だったというのは、たしからしいぞ」

「だったら、おじいちゃん。西洋の剣《けん》はこの形のまま発展《はってん》したのに、日本では、どうして日本刀が生まれたわけ？」

三種《さんしゅ》の神器《じんぎ》の想像図《そうぞうず》。
上から八咫鏡《やたのかがみ》、草薙剣《くさなぎのつるぎ》、八尺瓊勾玉《やさかにのまがたま》。

するると、おじいちゃん、にっこり。

「いい質問《しつもん》だな。それをこれから、じっくり見ようじゃないか。あそこで」

気がつくと、目の前はもう県立博物館だった。

「うわぁ、すごい人だね！」

博物館に入ってびっくり！　広いロビーがごったがえしている。

「こんなにたくさんの人がいたら、刀も解説《かいせつ》もよく見えないよ」

「解説《かいせつ》はもともと読めないでしょ。瀬那《せな》の知らない漢字が多いんだから」

「安心しなさい。わしが、わかりやすく、そしてくわしく話してやるから」

よろしくお願いします！

「さて、まずは日本刀の歴史《れきし》からだ」

展示会《てんじかい》の会場に入ると、さっそく最初のコーナーで足を止めた。

「ここには『上古刀《じょうことう》』が、時代順にならんでいるぞ」

上古刀？

「刀身が反った日本刀は、平安時代《へいあんじだい》の中ごろに登場するんだが、それ以前に作られた、反りのない『直刀《ちょくとう》』を『上古刀』というんだ」

つまり、日本刀の祖先《そせん》みたいなものか。

埼玉県の稲荷山古墳《いなりやまこふん》から出土した金錯銘鉄剣《きんさくめいてっけん》（国宝《こくほう》）。瀬那《せな》たちが見たものとはちがいますが、古墳時代《こふんじだい》に作られた両刃《りょうば》の鉄剣《てっけん》です。文字が刻《きざ》まれていて、「辛亥年《しんがいのとし》」の記述《きじゅつ》から471年に作られたと考えられています。

埼玉県立さきたま史跡の博物館蔵

「これは、この展示会《てんじかい》に出品されている、いちばん古い刀剣《とうけん》で、古墳時代《こふんじだい》、つまり、三世《せい》紀《き》から六世紀《せいき》ごろのものだ」

「細くて、とっても長いのね。で、形は両刃《りょうば》の剣《けん》。西洋の剣《けん》のスタイルね」

「奈々《なな》のいうとおりだ。細かいことをいうと、素材《そざい》の鉄の造《つく》り方《かた》が、西洋の剣《けん》とは根本的にちがうんだが、それはあとの話。いまは形に注目しよう。で、形といえば、この剣《けん》の断面《だんめん》はどうなると思う？」

「ひらべったいひし形じゃない？」

「そうだ。では、そのとなりの刀剣《とうけん》を見てごらん。同じ古墳時代に作られたものなんだが、形にちがいはあるかな？」

「あ！　これは刀でしょ。だって、片《かた》刃《は》だもの」

「よく気がついたな、瀬那《せな》。じゃあ、奈々《なな》。この片刃《かたは》の直刀の断面《だんめん》は？」

「△でしょ。両刃《りょうば》の剣《けん》の◇を半分にして、片刃《かたは》の刀にしたって感じ」

「うむ。この断面《だんめん》が三角形になる造《つく》り方《かた》を『平造《ひらづく》り』といって、刀のいちばん基本《きほん》の形とされている」

　そして、日本の古墳時代《こふんじだい》ごろまでは、両刃《りょうば》の剣《けん》と、片刃《かたは》の刀の両方があったんだって。

「でも、なぜ剣《けん》と刀の二種類を作ったの？　どちらかひとつでよくない？」

「うーん、これはあくまで想像《そうぞう》なんだがね……」

両刃《りょうば》の剣《けん》をあつかうには、力も技術《ぎじゅつ》も必要。それに比《くら》べて片刃《かたは》の刀は軽くてあつかいやすい。

「そこで、古墳時代《こふんじだい》では、ふだんから戦いの訓練をしていた貴族《きぞく》が両刃《りょうば》の剣《けん》を、ふだんは労働者だった身分の低い兵が片刃《かたは》の刀を使っていたんじゃないか、ともいわれてるんだ」

つまり、むかしは剣《けん》のほうが位が上だったたってことか。

「うむ。片刃《かたは》の刀は折れやすいしな。ただし、刀のほうが切れ味はいい。だから、欠点さえ補《おぎな》えれば、刀のほうが武器《ぶき》としては上になる」

そこで、新しい刀の造《つく》り方《かた》が生まれたんだって。

「それが、次のコーナーで見られる刀だ」

おじいちゃんが連れていってくれたのは、飛鳥時代《あすかじだい》の刀剣《とうけん》のコーナー。

飛鳥時代っていうのは、六世紀《せいき》の終わりから八世紀《せいき》の初め、西暦《せいれき》七一〇年の奈《な》良時代《らじだい》のはじまりまでのことなんだって。

「飛鳥時代で有名な人といえば、聖徳太《しょうとくたい》子《し》だ」

「あたし、知ってる。日本で仏教《ぶっきょう》をさかんにしたり、身分が低くても実力さえあれば出世できる『冠位十二階《かんいじゅうにかい》』という制《せい》度《ど》や、『十七条《じゅうしちじょう》の憲法《けんぽう》』を作ったのよ。あと、中国のすぐれた点を学ばせるために、遣隋使《けんずいし》を送った！」

はあ……。

「瀬那《せな》、心配するな。奈々《なな》がいったことは高学年になれば学校で習うから」

とにかく、聖徳太子《しょうとくたいし》は古代の日本を発展《はってん》させるのに、とても力を発揮《はっき》した人なんだって。

「その聖徳太子《しょうとくたいし》が持っていたと伝わるのが、この国宝《こくほう》『七星剣《しちせいけん》』だ。大阪の四天王寺《してんのうじ》という古いお寺のもので、国宝《こくほう》が外部で公開されるのはとてもめずらしいんだぞ」

うわぁ、めちゃくちゃきれい！

まっすぐな刀が銀色に輝《かがや》いて、とても千四百年前の刀には見えないよ！

「あら、刀に模様《もよう》が刻《きざ》まれてない？」

「奈々は気づいたか。あの模様《もよう》は『七星文《しちせいもん》』といって、北斗七星《ほくとしちせい》だよ」

古代の中国では、宇宙《うちゅう》の中心は北極星《ほっきょくせい》で、それを北斗七星が守っているって考えていたんだって。

「それにちなんで、この『七星剣《しちせいけん》』は、国を守る儀式《ぎしき》に使われたらしい」

中国に学んで日本を強くしようとした聖徳太子《しょうとくたいし》らしいね。

「それで、おじいちゃん。この『七星剣《しちせいけん》』のどこが新しい造《つく》り方《かた》なの？」

「この剣《けん》は、断面《だんめん》が△じゃなくて、五角形になっているんだ。ほら、刃《は》の上に、平たい部分があるだろう？」

断面《だんめん》を五角形にすると、刀がぐっと強くなるんだって。

「この造《つく》り方《かた》を『切刃造《きりはづく》り』といって、飛鳥時代《あすかじだい》から平安時代《へいあんじだい》の中ごろの刀は、たいていこの造《つく》りだ」

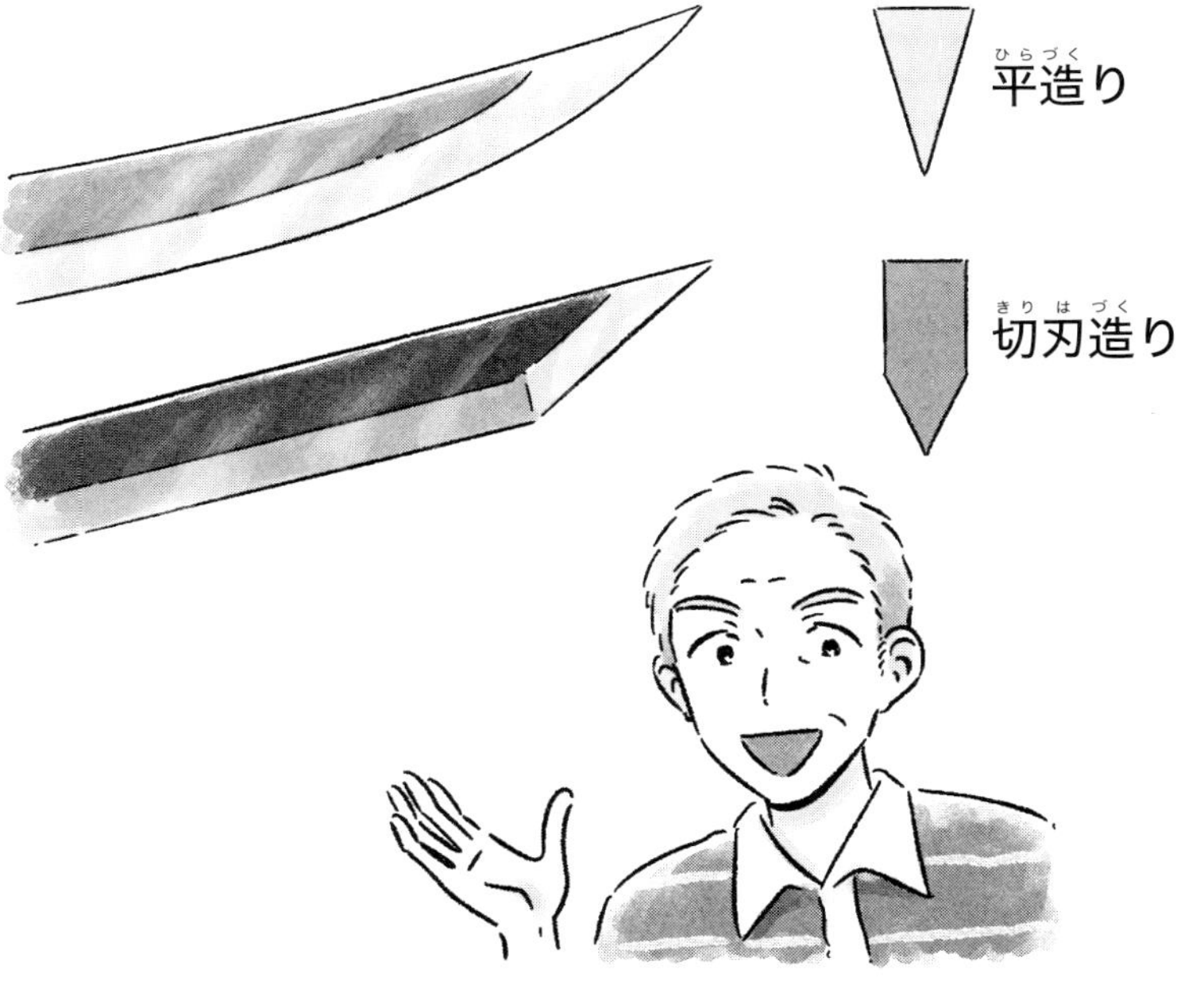

そういうと、おじいちゃんは、そのとなりの刀を指さした。

「奈良時代《ならじだい》の聖武天皇《しょうむてんのう》が持っていたという『水龍剣《すいりゅうけん》』だ。正倉院《しょうそういん》という、当時のお宝《たから》を保管《ほかん》してある建物から発見されたもので、重要文化財《じゅうようぶんかざい》だよ」

すごっ。これも、ものすごくきれい！

「でも、どうして〝水龍《すいりゅう》〟？　刀に龍《りゅう》の飾《かざ》りが刻《きざ》まれてるようすはないし」

「それは、明治時代《めいじじだい》、この刀を水龍《すいりゅう》の模様《もよう》のある金具で飾《かざ》ったことからつけられた呼《よ》び名《な》なんだ」

刀を飾《かざ》るもの、たとえば刀身をしまう鞘《さや》、握《にぎ》りの部分の柄《つか》や鐔《つば》を『拵《こしらえ》』といって、むかしの刀をより美しくするんだって。

水龍《すいりゅう》の飾《かざ》りもそのひとつってことだね。

「見てごらん、これも切刃造《きりはづく》りだろ？」

たしかに、七星剣《しちせいけん》と形がそっくりだね。刃《は》の上に平たい部分があるよ。

「奈々《なな》も瀬那《せな》も、『鎬《しのぎ》を削《けず》る』っていう表現《ひょうげん》を知ってるか？」

「あたし知ってる。『激《はげ》しく争う』ことよ。『鎬《しのぎ》を削《けず》る大接戦《だいせっせん》！』とか」

「うむ。その鎬《しのぎ》っていうのは、あの平たい部分のことなんだ」

え？　刀の部分からできた表現《ひょうげん》なの？

「武士《ぶし》の戦いでは、いちばん硬《かた》い鎬《しのぎ》が削《けず》れるほど、刀を激《はげ》しくぶつけて斬《き》りあった。そこから『鎬《しのぎ》を削《けず》る』という言葉が生まれたんだ」

なるほど〜。そんなふうに刀をぶつけても、折れなかったんだね。

刀の断面《だんめん》を三角形から五角形にするって、大発明だったんだな。

「だが、これはまだ鎬《しのぎ》のはじまりにすぎん。ほんとうの鎬《しのぎ》は、このあと生まれる。そして、いよいよ、刀は反っていくぞ！」

「さあ、次は奈良時代《ならじだい》の次、平安時代《へいあんじだい》の刀剣《とうけん》のコーナーだ」

つまり、上古刀の時代は終わりってことだね。

で、最初に展示《てんじ》されているのは『坂上田村麻呂《さかのうえのたむらまろ》が使ったと伝えられる黒漆《こくしつ》剣《けん》』か……。

「あれ？　これも直刀じゃない？　ぜんぜん反ってないよ」

「瀬那《せな》、忘《わす》れたの？　さっきおじいちゃんは、『刀身が反った日本刀は、平安時代の中ごろに登場する』って、いったのよ。坂上田村麻呂《さかのうえのたむらまろ》は、平安時代の初めのころの人。だから、まだ上古刀なのよ。でしょ、おじいちゃん？」

「さすがは刀剣女子《とうけんじょし》。歴史《れきし》もばっちりのようだな」

ほめられたねえちゃん、どや顔。

「そのとおり。坂上田村麻呂《さかのうえのたむらまろ》は、平安時代の初めの征夷大将軍《せいいたいしょうぐん》だ」

「ってことは、武士《ぶし》だったんだね」

「武士《ぶし》と呼《よ》んでいいかどうかは微妙《びみょう》だが、兵を連れ、総司令官《そうしれいかん》として敵《てき》と

戦ったのはまちがいない」

「敵《てき》って？」

「東北地方にいた『蝦夷《えみし》』という民族だ。坂上《さかのうえの》田村麻呂《たむらまろ》は、朝廷《ちょうてい》にしたがわない一部の蝦夷を征伐《せいばつ》するために、京の都から派遣《はけん》されたんだ」

「蝦夷を征伐《せいばつ》する将軍《しょうぐん》だから、『征《せい》夷大将軍《いたいしょうぐん》』っていうの。わかった？」

ねえちゃん、歴史《れきし》にくわしいからって、いばってるなぁ……。

「それじゃあ、おじいちゃん、坂上《さかのうえの》田村麻呂《たむらまろ》は、この刀で戦ったのね？」

「いや、これは鞍馬寺《くらまでら》というところ

に奉納《ほうのう》したものらしい。ただし蝦夷《えみし》との戦いをきっかけに、刀はいまの日本刀のような姿《すがた》に変わりはじめたんだ」

え？　どういうこと？

「そのころ、合戦といえば、歩兵どうしの戦いだった。ところが、蝦夷は騎《き》馬戦《ばせん》を得意《とくい》としていた」

東北は、いい馬をたくさん産出する土地だったので、蝦夷も馬に乗って戦っていたんだって。

「馬に乗りながら、片手《かたて》で刀をぬくとき、直刀だとぬきにくいだろう？　そこで、蝦夷は刀身に対して柄《つか》に角度があったり、刀に反りのある『蕨手刀《わらびてとう》』を使っていたんだ」

蕨《わらび》っていうのは、山菜の名前。

柄《つか》の頭のくるんと丸まったかわいい形が蕨《わらび》に似《に》ていることから、蕨手刀《わらびてとう》っていう名前がついたんだって。

「馬でかけぬけながら、すばやく刀をぬいて、その動きの流れのままに敵《てき》を斬《き》る。しかも、刀に反りがあるぶん、刃《は》が自然にすべって切れるので、直刀のように無理に力を加える必要がない」

蕨手刀《わらびてとう》をあやつる蝦夷《えみし》の騎兵《きへい》たちに、直刀の坂上田村麻呂《さかのうえのたむらまろ》軍は、大苦戦を強《し》いられた。

「最後にはなんとか勝利をおさめたが、その後、だれもが『湾刀《わんとう》』の威力《いりょく》に注目するようになったんだ」

湾刀《わんとう》っていうのは、反った刀のことなんだって。

「そして、おそらく、そのころに作られたと考えられているのが、あの『小《こ》烏丸《がらすまる》』だ」

おじいちゃんが指さしたのは、『黒漆剣《こくしつけん》』よりずっと短い刀。でも……。

「反ってる！　湾刀《わんとう》だね！」

「断面《だんめん》は『七星剣《しちせいけん》』や『黒漆剣《こくしつけん》』と同じ五角形の切刃造《きりはづく》り。が、刀の先だけ

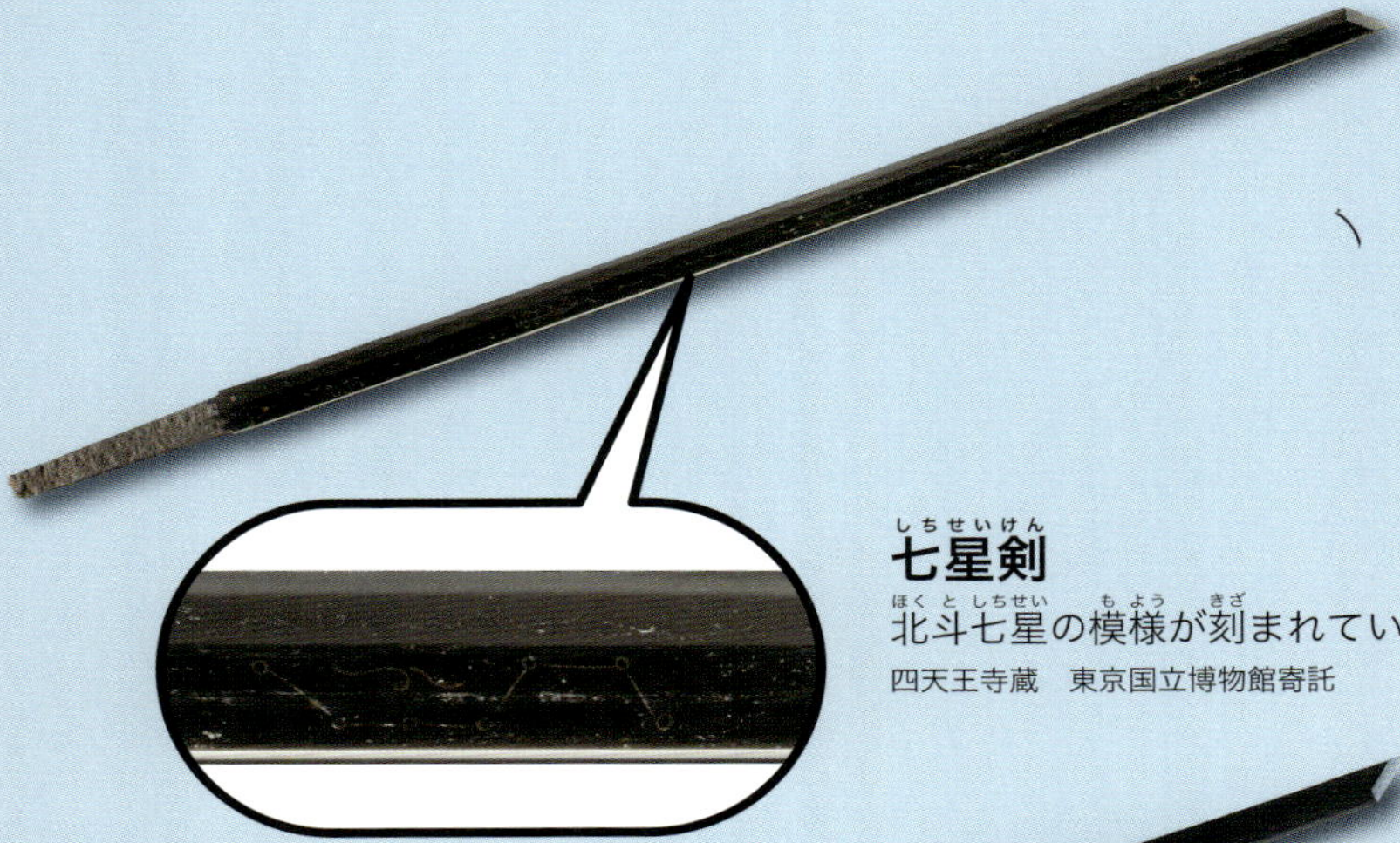

七星剣《しちせいけん》

北斗七星《ほくとしちせい》の模様《もよう》が刻《きざ》まれている。

四天王寺蔵　東京国立博物館寄託

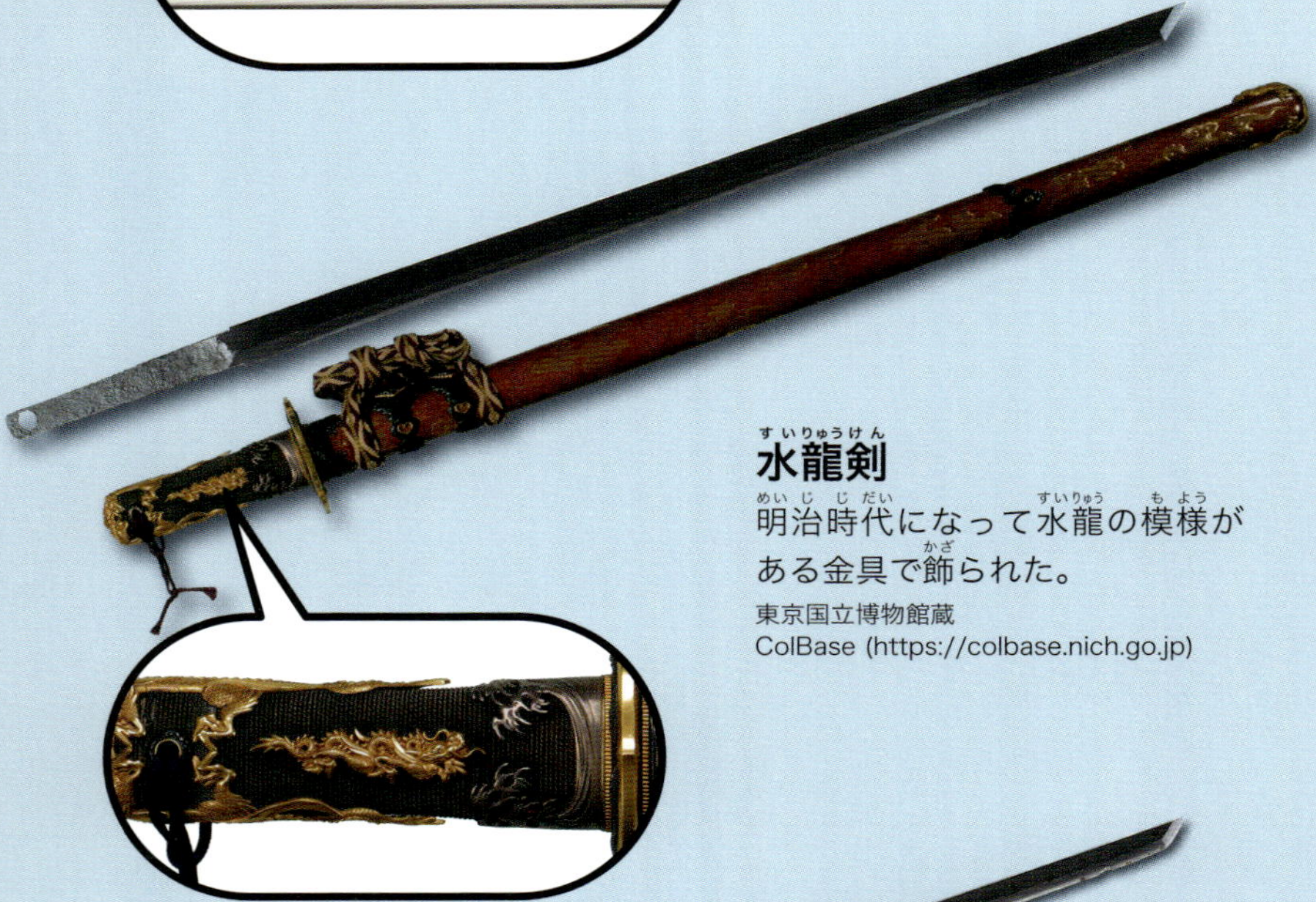

水龍剣《すいりゅうけん》

明治時代《めいじじだい》になって水龍《すいりゅう》の模様《もよう》がある金具で飾《かざ》られた。

東京国立博物館蔵
ColBase (https://colbase.nich.go.jp)

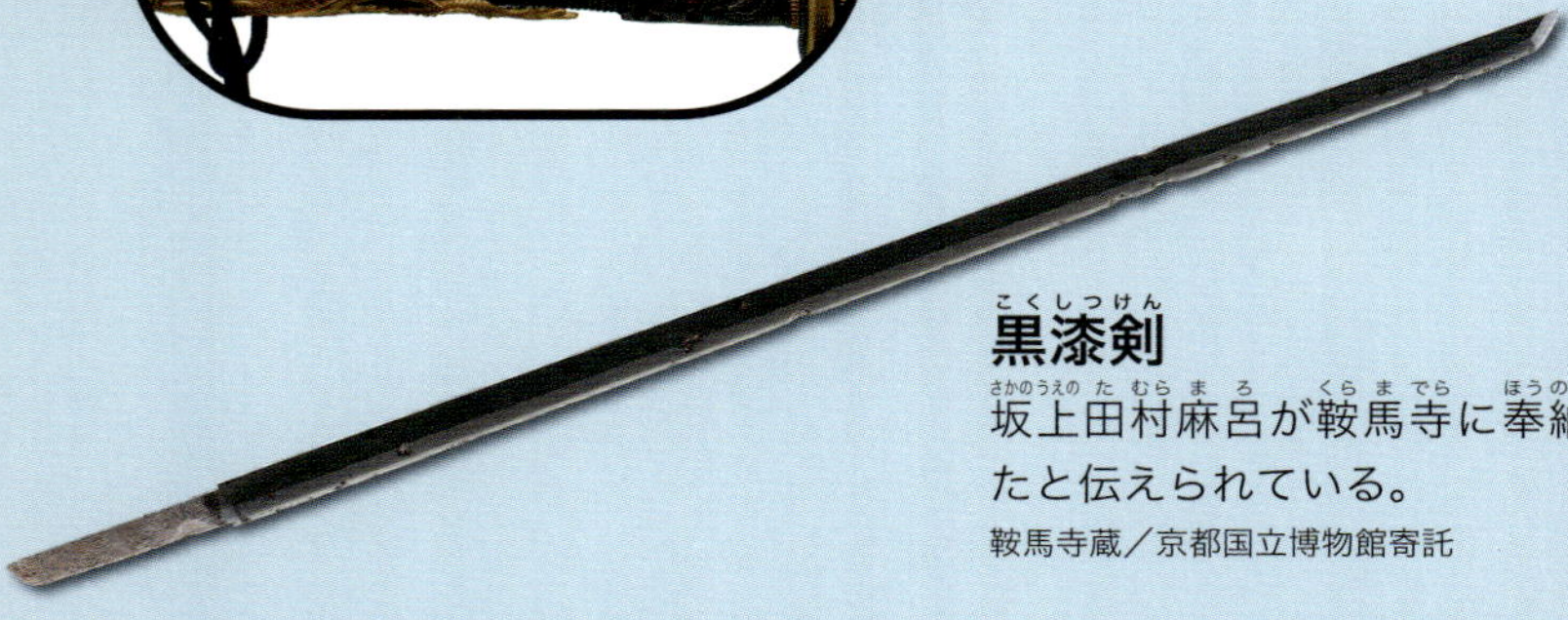

黒漆剣《こくしつけん》

坂上田村麻呂《さかのうえのたむらまろ》が鞍馬寺《くらまでら》に奉納《ほうのう》したと伝えられている。

鞍馬寺蔵／京都国立博物館寄託

蕨手刀《わらびてとう》

秋田県の石森《いしもり》遺跡《いせき》から出土した蕨手刀《わらびてとう》。柄《つか》の頭が丸まっている。

東京国立博物館蔵　ColBase (https://colbase.nich.go.jp)

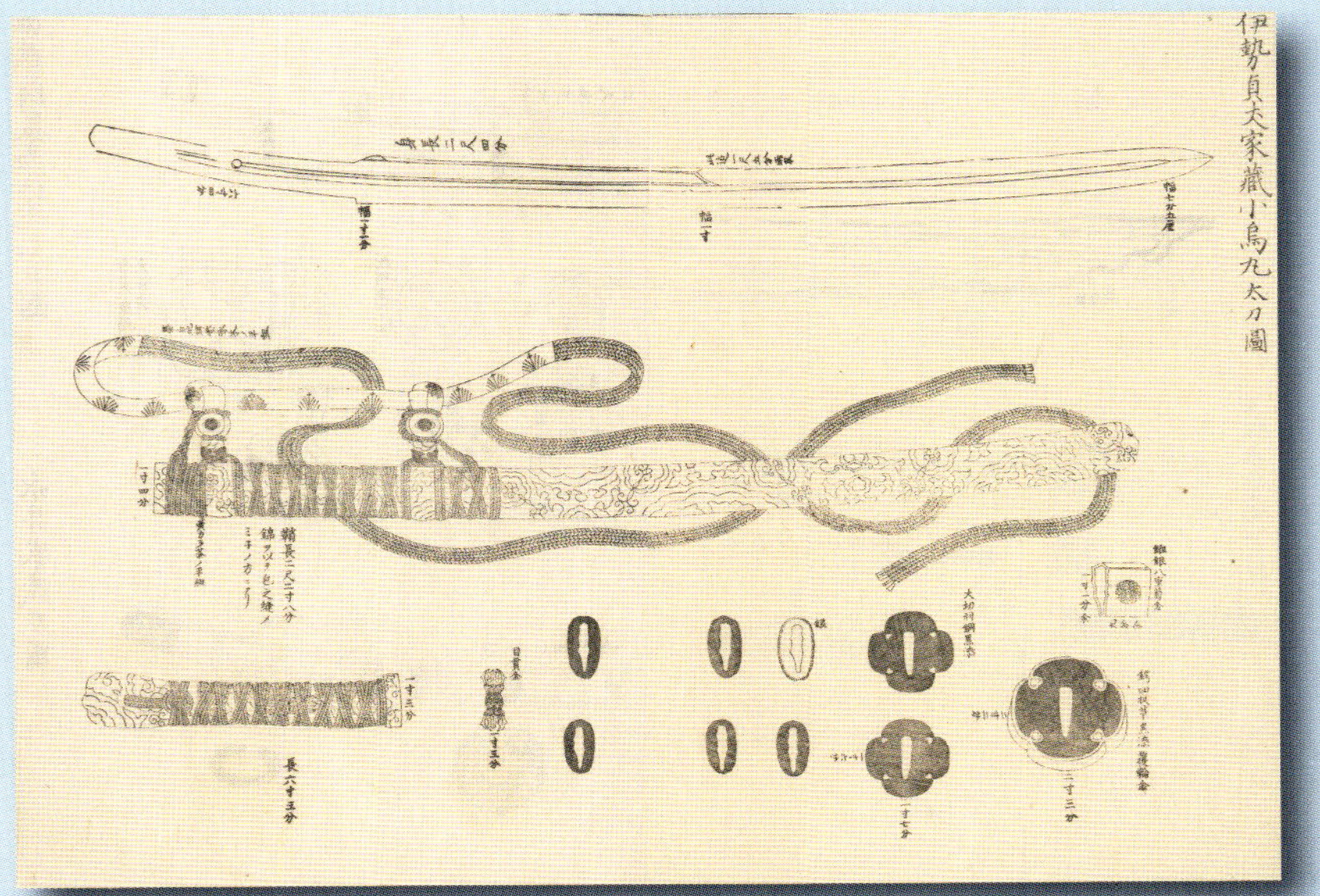

小烏丸《こがらすまる》の図版《ずはん》

『集古十種《しゅうこじっしゅ》』より。　国立国会図書館デジタルコレクションは断面《だんめん》が六角形の両刃《りょうば》の『切先両刃造《きっさきもろはづく》り』という、独特《どくとく》な形になっているんだぞ」

「反っているけど、直刀みたいに、突《つ》き刺《さ》す攻撃《こうげき》もできるってことか」

「つまり、これは直刀から湾刀《わんとう》へ切りかわっていく姿《すがた》を表してるのね」

「そう、『小烏丸《こがらすまる》』こそ、現存《げんそん》する最古の日本刀といわれているんだよ」

そして、直刀の上古刀に対して、平安時代《へいあんじだい》の中ごろから作られはじめた片《かた》刃《は》の湾刀《わんとう》を古刀《ことう》って呼《よ》んで、区別しているんだって。

「つまり、古刀からあとの刀を日本刀って呼《よ》ぶともいえるんだね」

「そういうことだ。それじゃあ、次のコーナーで古刀を見ていこうか」

「古刀になって変わったのは、まず造《つく》りが進化して、がんじょうになったたってことだな」

古墳時代《こふんじだい》の片刃《かたは》の刀は、断面《だんめん》が三角の『平造《ひらづく》り』で、折れやすかった。そこで、飛鳥時代《あすかじだい》から、断面《だんめん》が五角形の『切刃造《きりはづく》り』になった。

「五角形にして、刀の厚《あつ》みをふやしたわけだ。でも、厚《あつ》くなったぶん重くなってしまった」

重いのはこまるよね。刀をふりまわすのに力が必要になるし、それじゃあ戦うとき不利になるもの。

「そこで生まれたのが『鎬造《しのぎづく》り』だ」

「え？　でも、鎬《しのぎ》って『切刃造《きりはづく》り』で登場したって、いってなかった？」

「あれは、〝鎬《しのぎ》と呼《よ》べるものが現《あらわ》れた〟ぐらいの意味で、ほんものの鎬《しのぎ》はこういうのだ」

おじいちゃんは、またスマホを見せてくれた。そこにあったのは、日本刀の断面《だんめん》の写真。って、おじいちゃんのスマホ、刀のデータだらけ？

「わかるか？　『切刃造《きりはづく》り』の五角形から、『鎬造《しのぎづく》り』では刃《は》の反対がわを削《けず》った、長めの五角形になっているだろ？　こうすることで、刀を強いまま、より軽くできるんだよ」

で、この筋状《すじじょう》に刀身が厚《あつ》くなっているところを『鎬《しのぎ》』っていうんだって。

なるほど、これなら刀を交えて戦うと、こすれあうのは鎬《しのぎ》の部分。

まさに『鎬《しのぎ》を削《けず》る』だ！

「この『鎬造《しのぎづく》り』こそが、日本刀の形を決定づけた。そこでこれを別名『本《ほん》

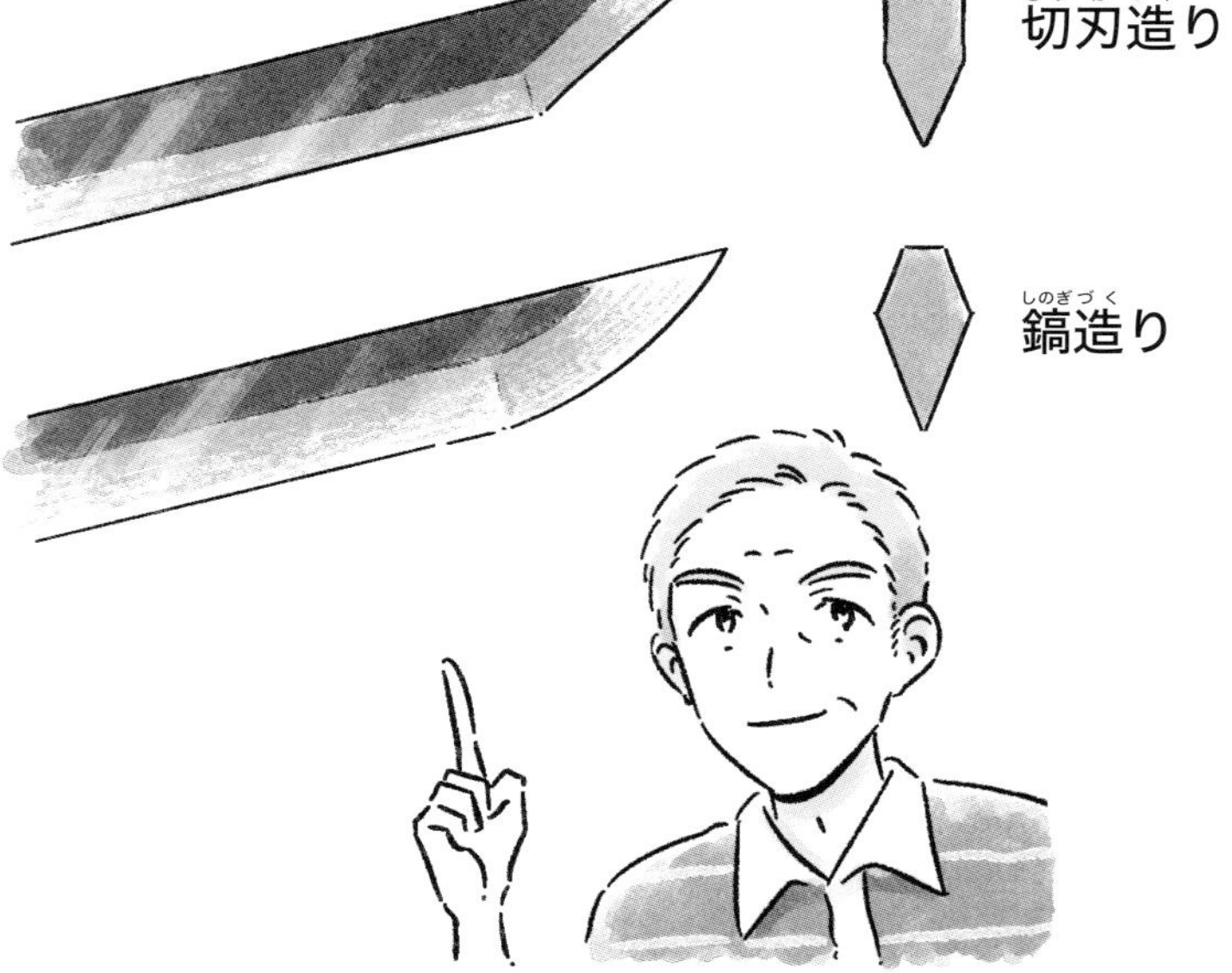

日本刀の各部分の名前

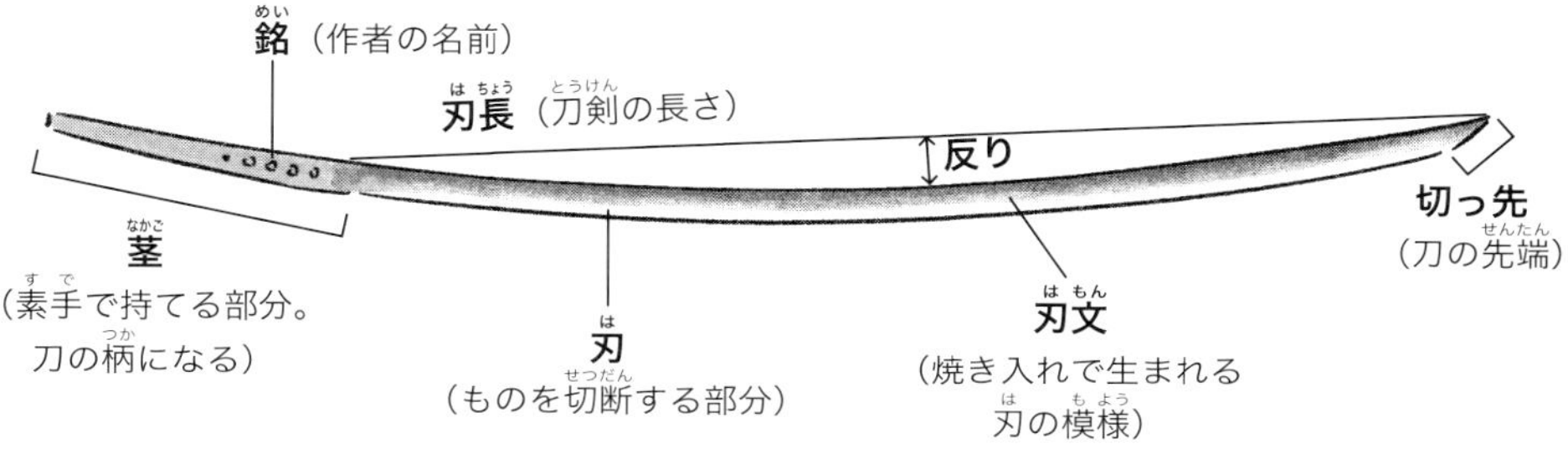

造《づく》り』ともいうんだ」

そこで、おじいちゃんは、またスマホの画面をタップ。

すると、こんどは、日本刀の各部分を説明した図が現《あらわ》れた。

「うわあ、細かく名前がついてるんだね」

「おぼえる必要はないぞ。ただ、ある程度《ていど》は知っておくと、刀を鑑賞《かんしょう》するときに役にたつな。わかりやすいのは、刃長《はちょう》と反り、刃文《はもん》、あとは銘《めい》かな」

「あたしのイチ推《お》しの『三日月宗近《みかづきむねちか》』は、刃文《はもん》が美しいのよ〜」

本格的《ほんかくてき》な日本刀の話になったら、ねえちゃんの

刀の種類

大太刀《おおだち》：刃長《はちょう》が約90cm以上約３m未満（３尺《じゃく》以上10尺《しゃく》未満）

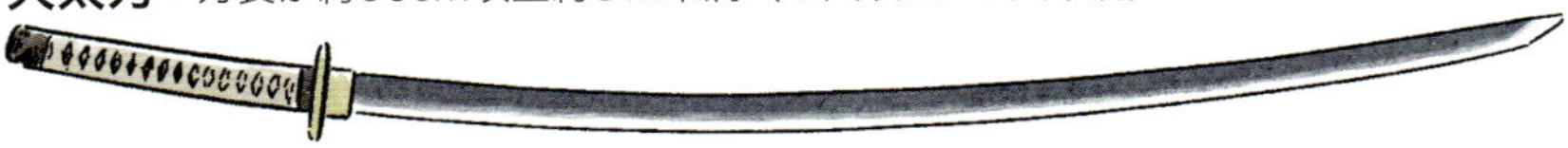

太刀《たち》：刃長《はちょう》が約70cm以上約90cm未満（２尺《しゃく》３寸《ずん》以上３尺《じゃく》未満）

打刀《うちがたな》：刃長《はちょう》が約60.6cm以上約70cm未満（２尺《しゃく》以上２尺《しゃく》３寸《ずん》未満）

脇差《わきざし》：刃長《はちょう》が約30.3cm以上約60.6cm未満（１尺《しゃく》以上２尺《しゃく》未満）

短刀《たんとう》：刃長《はちょう》が約30.3cm未満（１尺《しゃく》未満）

ようすもおかしくなってきたぞ……。

「そうそう、日本刀は、刃長《はちょう》のちがいで名前が変わることも、知っておくといいぞ。こんなふうにな」

おじいちゃん、またまた、スマホをタップ。

「平安時代《へいあんじだい》に造《つく》られたのはほとんどが太刀《たち》。続く鎌倉時代《かまくらじだい》に短刀《たんとう》が生まれ、そのあとの室町時代《むろまちじだい》に打刀《うちがたな》と脇差《わきざし》が生まれるんだが、ここでふたりにクイズ！」

は？

「太刀《たち》と、打刀《うちがたな》・脇差《わきざし》は、長さのほか

になにがちがうでしょう？」

「とつぜん、そんなこと聞かれても。ヒントをちょうだいよ」

「ちがいがうまれたのは、合戦のしかたが変わったからです！」

それだけ？

「答えはすでにこの図の中にあるぞ。正解《せいかい》はあとで教えるから、ときどきこの図を見て、考えてごらん」

と、クイズを出されたまま、ぼくたちは次の展示室《てんじしつ》へ。

「なんか暗いね。刀の展示《てんじ》もないし。なんなの、ここ？」

「日本刀の特徴《とくちょう》がわかったところで、こんどは造《つく》り方《かた》の説明だ。ここではまず、材料の玉鋼《たまはがね》の造《つく》り方《かた》を教えてくれるぞ」

材料？　でも、刀の材料は鉄でしょ？

「日本刀とはなにかについて、さっきから話しているが、じつはこういういい方もできるんだ」

『玉鋼《たまはがね》を素材《そざい》に、日本固有の製法《せいほう》で造《つく》られた片刃《かたは》の湾刀《わんとう》のこと』。

「でも、玉鋼《たまはがね》ってなに？　ただの鉄とはちがうの？」

「鉄にもいろいろな種類があるんだ。たとえば、いま、鉄の原料といえば、鉄鉱石《てっこうせき》だ。が、これを使った西洋式の製鉄《せいてつ》が日本ではじまったのは、江戸時《えどじ》代《だい》の終わり、まだ二百年もたっていないんだ」

でも、日本式の製鉄法《せいてつほう》は古くからあったんだって。いつはじまったかは、正確《せいかく》にはわからないけど、千四百年ぐらい前には作られていたらしい。

「最初は、西洋風に鉄鉱石《てっこうせき》を使ったらしいが、すぐに砂鉄《さてつ》に変わった」

「どうして？」

「日本には鉄鉱石《てっこうせき》がほとんどないからだよ。社会の授業《じゅぎょう》でも習うぞ。いま日本の製鉄業《せいてつぎょう》は、原料の鉄鉱石《てっこうせき》を百パーセント輸入《ゆにゅう》にたよっているって百パーセント！

「そこで古代の日本人は砂鉄《さてつ》を使ったんだ。これを『たたら吹《ぶ》き』という、日本独特《どくとく》の製鉄法《せいてつほう》で『玉鋼《たまはがね》』にしたものが、日本刀の材料なんだよ」

おじいちゃんはそういうと、どこからか白いゴーグルを三つ、持ってきた。

「ふたりとも、これをつけなさい。たたら製鉄《せいてつ》がどんなものか、〝バーチャン・リアル〟で体験できるから」

あのう、それをいうなら、〝ヴァーチャルリアリティ（VR）〟では？

リアルなおばあちゃんを見たって、しょうがないんだけど……。

なんて、ツッコみながら、ゴーグルをつけると……。

「あれ？　ここはどこ？　なんか静かな山あいの村みたいだけど」

「島根県の奥出雲町《おくいずもちょう》だよ。ここには、たたら製鉄《せいてつ》が復元《ふくげん》された『日刀保《にっとうほ》たたら』があるんだ」

おじいちゃんの話では、たたら製鉄《せいてつ》は、現在《げんざい》の岡山県や広島県東部ではじまって、その後、鳥取県や島根県のほうへ広がっていったらしい。

「たたら製鉄《せいてつ》には、質《しつ》のいい砂鉄《さてつ》と木炭が大量に必要なんだ。中国地方はその条件《じょうけん》を満たしていたんだな」

そんな説明を聞きながら、うす暗い建物の中に入ると……。

「うわっ、すごい熱気！　それに、まっ赤な炎《ほのお》があがってるわよ！」

ねえちゃんが大声をあげた。もちろん、ぼくもびっくり。それにしても、ヴァーチャルリアリティで、熱まで感じられるって、どういうこと？

「炎《ほのお》をあげているのは、砂鉄《さてつ》を溶《と》かす炉《ろ》だ。粘土《ねんど》で造《つく》られていて、縦《たて》が約三メートル、横が約九十センチメートル、高さ一メートルほどの箱形だ」

古代の炉《ろ》はもっと小さかったらしいけど、よくわかっていないんだって。

「なにしろ、一回ごとに炉《ろ》をこわしちゃうからな」

ええっ？　製鉄用《せいてつよう》の炉《ろ》をこわす？　どうして？

「理由は見ていればわかるよ。それよりあの炉《ろ》の下には、四メートルもの深さの地下構造物《ちかこうぞうぶつ》といわれるものがあるんだぞ。砂鉄《さてつ》がよく溶《と》けるよう、湿気《しっけ》をさえぎり、炉《ろ》の中の温度が下がらない工夫《くふう》がされているんだ」

おじいちゃんは、炉《ろ》につながっている管を指さした。

「あれは木呂《きろ》。あの管を通して炉《ろ》に空気を送りこみ、温度をあげている。いまは電動のモーターを使っているけど、むかしは『ふいご』で空気を送りこんでいたんだ」

ふいご……？

「そう。ビニールプールなどをふくらます、足踏《あしぶ》みポンプがあるだろ。あれを大きくしたようなもので、人が足で踏《ふ》んで空気を送っていたんだ」

砂鉄《さてつ》を鉄にするには、三日三晩《みっかみばん》ぶっとおしで、炉《ろ》の温度を千四百度に保《たも》ちつづけなければならないんだって。

ってことは、七十時間以上、ふいごは踏《ふ》みっぱなし？　千四百度の炉《ろ》のすぐとなりで？　死んじゃうよ！

「もちろん交代制《こうたいせい》さ。三人一組で、一時間踏《ふ》んだら、二時間休む。ふいごを踏《ふ》む人を『番子《ばんこ》』っていうんだが、『かわりばんこ』っていう言葉は、ここから生まれたんだぞ」

たたら製鉄《せいてつ》

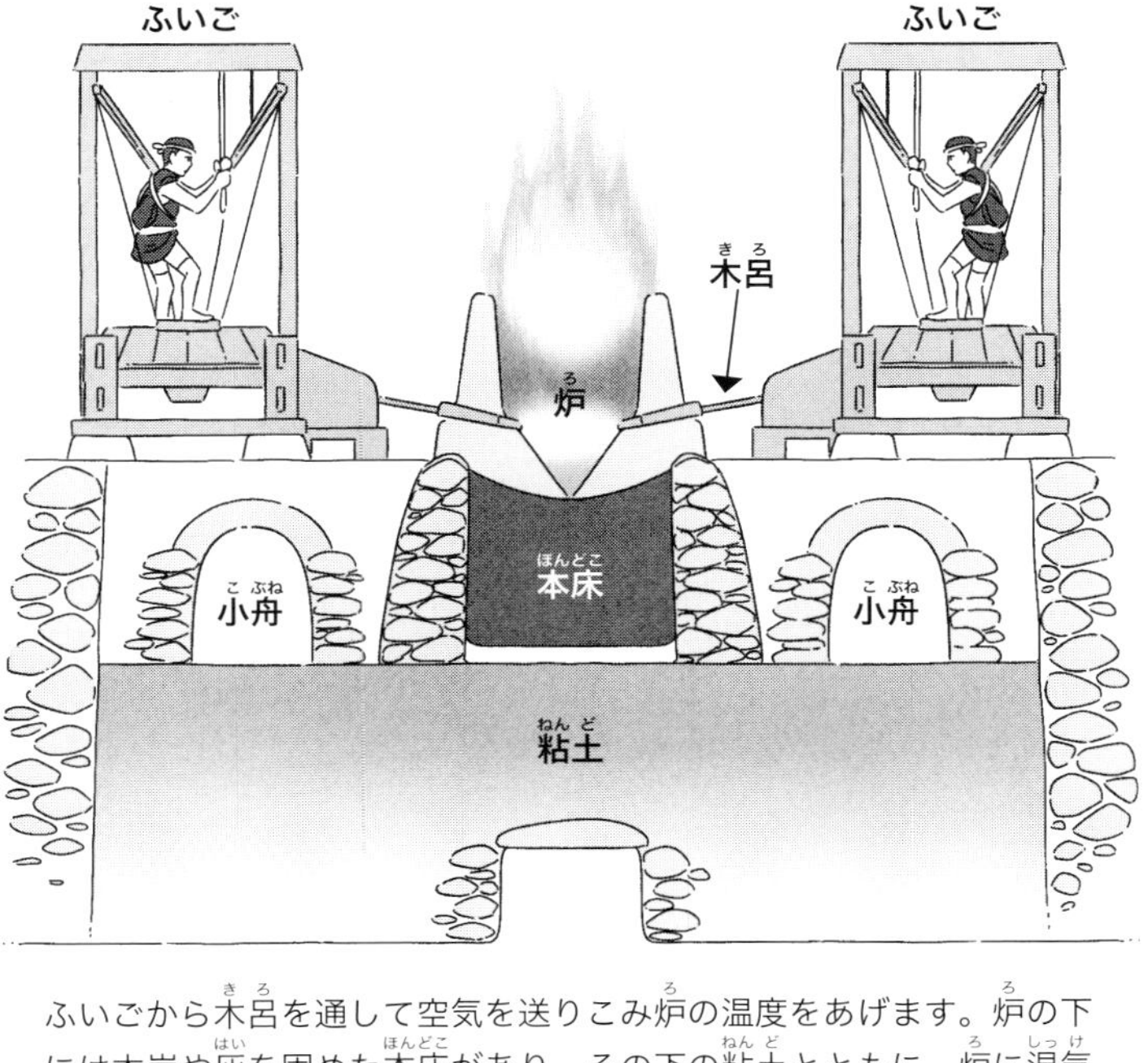

ふいごから木呂《きろ》を通して空気を送りこみ炉《ろ》の温度をあげます。炉《ろ》の下には木炭や灰《はい》を固めた本床《ほんどこ》があり、その下の粘土《ねんど》とともに、炉《ろ》に湿気《しっけ》が入るのを防《ふせ》いでいます。本床《ほんどこ》の両端《りょうはし》には、小舟《こぶね》という空間があり、断熱《だんねつ》（炉《ろ》の保温《ほおん》）と湿気《しっけ》を防《ふせ》ぐ役割《やくわり》をになっています。

それだって、ろくに寝《ね》られないじゃない。たたら製鉄《せいてつ》、過酷《かこく》すぎる……。

「きびしいのは番子《ばんこ》だけじゃない。三《みっ》日《か》三《み》晩《ばん》のあいだ、『村下《むらげ》』というリーダーの指示《しじ》のもと、三十分おきに、炉《ろ》に砂鉄《さてつ》と木炭を入れていくんだ。その入れ方にも、長年の経験《けいけん》が必要とされるぞ」

やがてVRの映像《えいぞう》は、四日目の朝のようすに切りかわった。

「ねえ、炉《ろ》の下がこわれて、溶《と》けた鉄がもれだしてるけど、いいの？」

「あれは砂鉄《さてつ》の中の不純物《ふじゅんぶつ》。それが溶《と》

けだすのは、うまくいっている証拠《しょうこ》。たたら製鉄《せいてつ》も、いよいよ最終段階《さいしゅうだんかい》ということさ。それはそうと、このちょろちょろと流れる溶《と》けた鉄と、『草薙剣《くさなぎのつるぎ》』には関係があるといったらどう思う？」

「もしかして、八岐大蛇《やまたのおろち》のこと？」

え？　いきなり、なに？　ねえちゃんはなにか知ってるの？

「日本の神話よ。スサノオっていう荒《あら》ぶる神様が、頭としっぽが八つもある化け物みたいな大蛇《だいじゃ》の八岐大蛇《やまたのおろち》と戦って、死闘《しとう》の末に勝ったんだけど……」

そのあと、八岐大蛇のしっぽから出て

きたのが、『草薙剣《くさなぎのつるぎ》』なんだって。

「さすがは刀剣女子《とうけんじょし》、よく知ってるな。そう、その八岐大蛇《やまたのおろち》は、たたらの炉《ろ》から溶《と》けだす鉄を意味していたんじゃないか、そんな説があるんだよ」

なるほど、たたらの鉄から日本刀が造《つく》られるんだものね。

「ことわざや神話にまで、関係してるなんて、深いわ〜」

ねえちゃん、やけに感心してる。

と思ったら、映像《えいぞう》の中で、男の人たちが激《はげ》しく動きはじめた。

「おじいちゃん、木呂《きろ》をはずしてるよ」

「いよいよ、最後の『釜崩《かまくず》し』だな」

言葉の意味は聞くまでもなかった。だって、村下《むらげ》の指示《しじ》で、男の人たちが、大きな鎌《かま》みたいな道具で、炉《ろ》を崩《くず》しはじめたんだもの。

「うわぁ、もう見てるだけで熱い！」

「そりゃそうさ。千四百度の『鉧《けら》』が、むきだしになるんだからな」

鉧《けら》？　あ、炉《ろ》の中から現《あらわ》れた、まっ赤なかたまりのこと？

「そう。『金へんに母』と書くように、まさに鉄のお母さんさ。あれを冷まして、小さなかたまりに崩《くず》すと玉鋼《たまはがね》になる」

十トンの砂《さ》鉄《てつ》からできる鉧《けら》はおよそ三トンたらず。

そのなかで、質《しつ》のいい玉鋼《たまはがね》は一トンにも満たないんだって。

ほんのちょっとしかとれないんだなぁ。

「そのかわり、不純物《ふじゅんぶつ》が少ないから、さびにくいんだ。こんな玉鋼《たまはがね》はたたらでしか作れないんだぞ」

へえ！　そんなすごい鉄を、むかしの人は手作りしていたんだね。

なんか感動！

玉鋼《たまはがね》

写真提供：刀剣ワールド財団

あれ？　ＶＲの映像《えいぞう》が切りかわったぞ。

「ここは刀鍛冶《かたなかじ》の仕事場じゃないかしら」

「そうだ。あそこにいる人は刀鍛冶《かたなかじ》のなかでも指折りの刀匠《とうしょう》。『折れず・曲がらず・よく切れる』日本刀をどう造《つく》るか、名人の技《わざ》をよく見るように！」

名人？　でも、そのわりには、炭をなたで切りはじめたよ。

刀を造《つく》る名人が、あんなことするの？

「あれは『炭切《すみき》り』。玉鋼《たまはがね》を熱する木炭は、同じ大きさに切りそろえる必要があるんだ。正確《せいかく》に切りそろえることは、刀鍛冶《かたなかじ》の修業《しゅぎょう》の第一歩といわれてるんだ」

たしかに超高速《ちょうこうそく》で切ってるのに、みごとに同じ形で大きさ。

まさに、名人の技《わざ》！

「あ、こんどは、玉鋼《たまはがね》を溶《と》かしはじめたわよ」

「木炭が燃《も》えさかっているところが『火床《ほど》』。レバーを押《お》したり引いたりしているのが、ふいご。あれで火床《ほど》の温度を千三百度以上に保《たも》つのも、熟練《じゅくれん》の技《わざ》なんだ」

やがて、刀匠《とうしょう》はまっ赤に燃《も》えた玉鋼《たまはがね》を取りだすと、槌《つち》でたたきはじめた。

トンカン、トンカン、いい音だね。

「五ミリぐらいのうすさになるまで、打《う》ちのばしたら……」

ジュー！　あ、水に入れて、一気に冷やした。

「よし、このあとは、順を追って説明するぞ」

●小割《こわり》

うすい板を、小槌《こづち》で二センチ四方に割《わ》り、割《わ》れ方《かた》から二種類に分けていく。

・割《わ》れにくいのは、炭素量《たんそりょう》の少ないやわらかい鉄。

⬇刀身の中心部分の『心鉄《しんがね》』に使う。

・パリッとすぐに割《わ》れるのは、炭素量《たんそりょう》の多い硬《かた》い鉄。

⬇刀の外がわ、心鉄《しんがね》を包む『皮鉄《かわがね》』に使う。

「この見きわめが、刀の出来を左右する、最初の重要ポイントだ」

●積《つ》み沸《わ》かし・折《お》り返《かえ》し鍛錬《たんれん》

積《つ》み沸《わ》かしは、小割《こわり》した二種類の鉄を、それぞれ積み木のように積みあげて、火床《ほど》で熱すること。

それを、たたいて平たくのばしては、まんなかに切れ目を入れて、折り返す。冷めて固くなったら、また火床《ほど》で熱してやわらかくして、またたたいてのばし、折り返す。これが『折《お》り返《かえ》し鍛錬《たんれん》』。

「たたくたびに、まっ赤な火花が散って、まさに刀鍛冶《かたなかじ》って感じ！」

「あの火花には、玉鋼《たまはがね》にふくまれた不純物《ふじゅんぶつ》が混《ま》じっているんだ」

ってことは、たたくたびに、きれいな鉄になってるってわけか。

『体を鍛《きた》える』の『鍛《きた》える』という漢字は、ああやって『金《かね》』を『段々《だんだん》』と調整していくところから生まれたんだよ」

へえ、ここにも、刀が語源《ごげん》の言葉があるんだ。

「まだあるぞ。相手の話にうなずくことを、『相槌《あいづち》を打つ』というだろ？ あれは、ふたりで鉄を鍛《きた》えるとき、刀匠《とうしょう》がたたく槌《つち》にあわせて弟子《でし》がたたくことからできた表現《ひょうげん》なんだ」

「でも、おじいちゃん、どうして、わざわざ鉄を折り返すの？」

「鉄の中に、パイみたいに、いくつもの層《そう》を作るためさ。そのおかげで、細い日本刀でも、西洋の太い剣《けん》以上の強さを持つことができるんだ」

折《お》り返《かえ》し鍛錬《たんれん》は、皮鉄《かわがね》では約十五回、心鉄《しんがね》は約八回。その結果、鉄の中に、なんと三万枚《まい》以上ものうすい層《そう》が生まれて、強度は二倍になるんだって。

「強くなるだけじゃないぞ。鍛錬《たんれん》のしかたには、時代や土地、刀匠《とうしょう》によって、さまざまなちがいがある。それが、刀の地金に、さまざまな美しい模様《もよう》を生む。美術品《びじゅつひん》としての大きな鑑賞《かんしょう》ポイントなんだ」

●造《つく》りこみ

やわらかい心鉄《しんがね》に、硬《かた》い皮鉄《かわがね》を巻《ま》きつける。

「鉄に鉄を巻《ま》きつける？　どうやって？」

「皮鉄《かわがね》をU字形にして、その溝《みぞ》の中に平たくのばした心鉄《しんがね》を入れるんだ。それを火床《ほど》に入れて熱してたたいて、くっつける」

「おもちであんこを包んで、大福を作るようなものね」

ねえちゃん、そのたとえは、どうかな……。

1　小割《こわり》

うすくした玉鋼《たまはがね》の板を細かく割《わ》り、
心鉄用《しんがねよう》と皮鉄用《かわがねよう》に分ける。

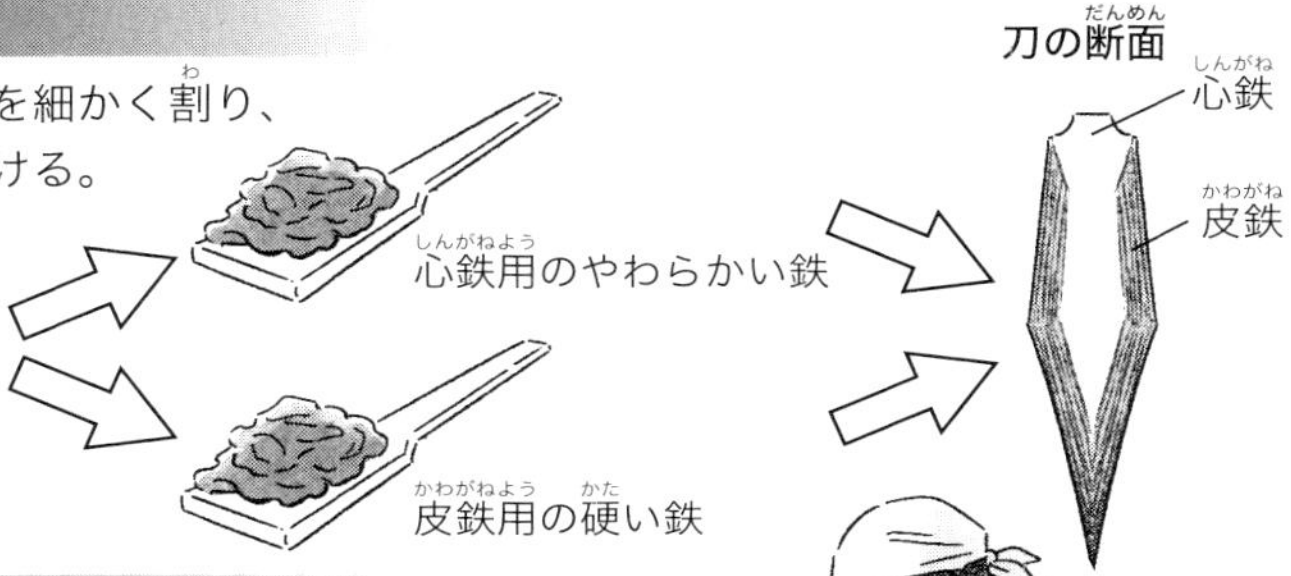

2　積《つ》み沸《わ》かし

小割《こわり》した２種類の鉄を、それぞれ積み木のように
積みあげ、火床《ほど》で熱する。

3　折《お》り返《かえ》し鍛錬《たんれん》

鉄をたたいて平たくのばし、まんなかに切れ目を入れて、折り返す。

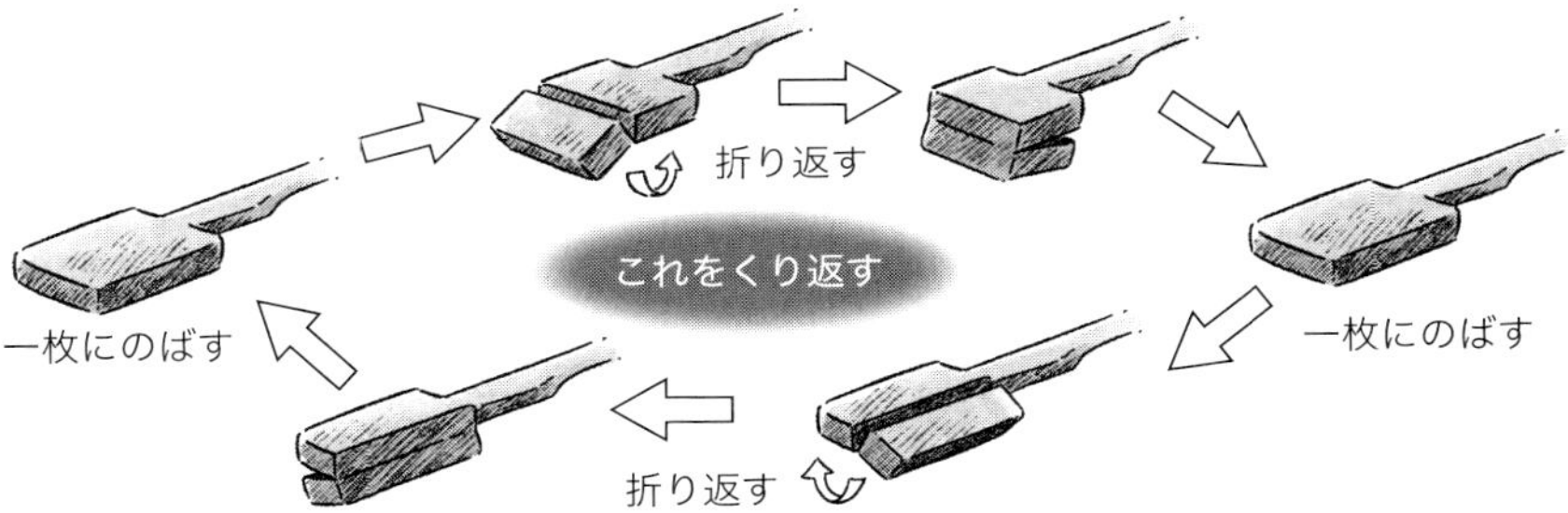

4　造《つく》りこみ

U字形にした皮鉄《かわがね》の溝《みぞ》の中に、平たくのばした心鉄《しんがね》を入れ、
熱してたたいてくっつける。

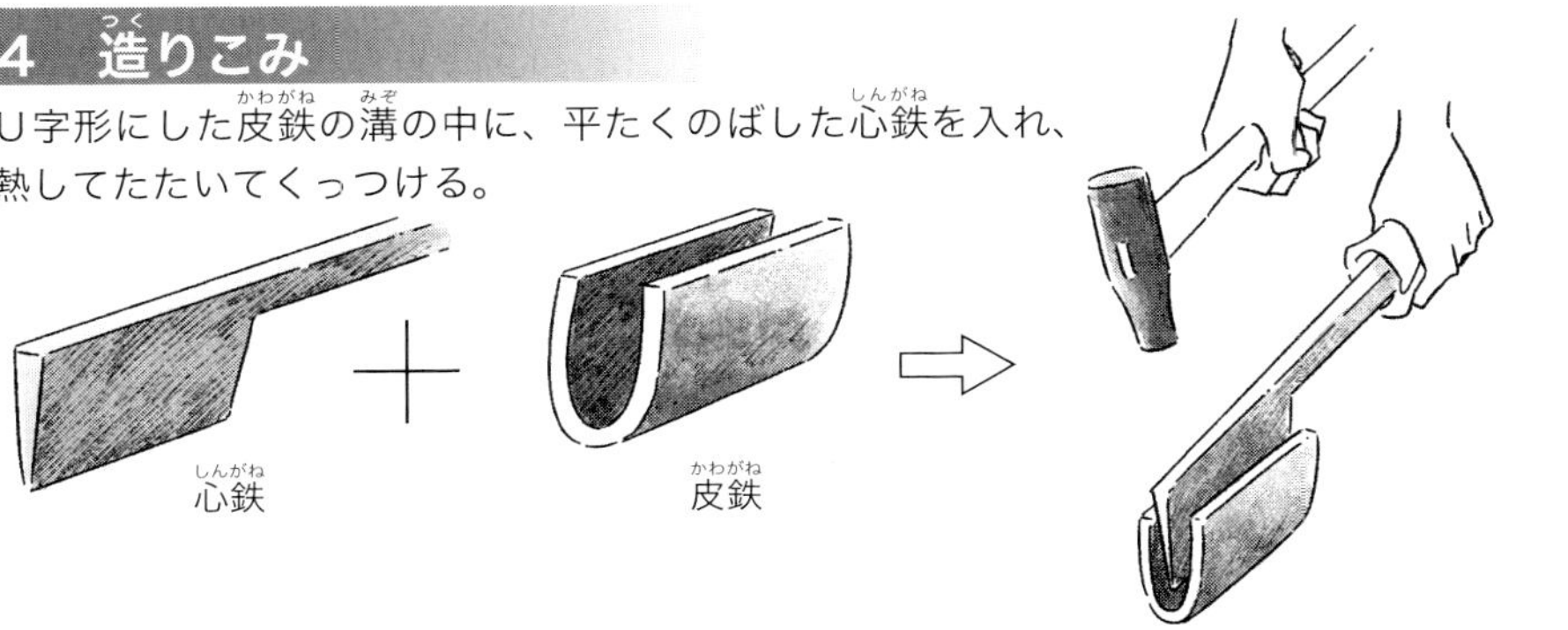

「それにしても、どうして、硬《かた》さのちがう鉄を組みあわせるの？」

「日本刀の基本《きほん》『切れる・曲がらない・折れない』を実現《じつげん》するためだよ」
・切れる・曲がらない
➡刀の外側《がわ》を硬《かた》くすれば、するどい刃《は》が作れ、形も変わりにくい。
・折れない
➡刀の内側《がわ》をやわらかくすれば、木の枝《えだ》がしなって強風に耐《た》えるように、刀も折れにくくなる。

「こうしてふたつの鉄をあわせたものを、また〝熱してはたたいてのばす〟をくり返し、平たくて長い、刀の原型《げんけい》の鉄の板を造《つく》っていくぞ」

●火造《ひづく》り

だいたい刀らしい形になった鉄板を、小槌《こづち》でたたきながら、切っ先、鎬《しのぎ》、刃《は》など、刀の各部分を造《つく》っていく。

「いよいよ、刀身の形ができてきたね！」

●土置《つちお》き

刀身に、粘土《ねんど》に炭の粉《こな》、砥石《といし》の粉《こな》などを水で混《ま》ぜた『焼刃土《やきばつち》』を塗《ぬ》る。

「どうして焼刃土《やきばつち》を塗《ぬ》らなきゃいけないの？」

「焼刃土《やきばつち》を塗《ぬ》ってから、刀身を熱し、水に入れると、塗《ぬ》らないときに比《くら》べてより急速に冷やされることから、刀をより硬《かた》くできるんだよ」

土置きは、刃《は》にはうすく、それ以外は厚《あつ》く塗《ぬ》るんだって。

「その厚《あつ》みの境界線《きょうかいせん》は刃文《はもん》として残る。そして、塗《ぬ》り方《かた》は刀匠《とうしょう》ごとにちがうから、刃文《はもん》もさまざまな模様《もよう》として現《あらわ》れるんだ」

だから、刃文《はもん》は、刀匠《とうしょう》の個性《こせい》と熟練《じゅくれん》の技《わざ》を楽しめる、いちばんわかりやすい鑑賞《かんしょう》ポイントかもしれないんだって。

「次はいよいよ最後の工程《こうてい》。日本刀の出来が決まる重要な作業だ」

●焼《や》き入《い》れ

焼刃土《やきばつち》がかわいたところで、刀身を八百〜九百度の火で熱する。炎《ほのお》の色から火の温度を正確《せいかく》に見きわめるため、この作業は暗やみで行う。

「ふいごを使って温度を調節しながら、同時に、刀身全体におなじように熱が入るよう、火床《ほど》に刀身を入れたり出したりしなければならない。あれが、とてもむずかしいんだ」

「暗い作業場に、オレンジ色の炎《ほのお》が輝《かがや》いて、神秘的《しんぴてき》よねぇ」

あ、刀匠《とうしょう》が立ちあがった。まっ赤な刀身を手に、長細い水槽《すいそう》に近づいて……。

ジューッ！

「ああやって、一気に水で冷やすことで、日本刀独特《どくとく》の反りが生まれる」

それにはさっきの焼刃土《やきばつち》の塗《ぬ》り方《かた》が関係しているんだって。

「うすく塗《ぬ》った刃《は》のほうは急速に冷える一方、厚《あつ》く塗《ぬ》った反対がわはゆっくりと冷える。その温度差から、刀身が反るんだな」

ってことは、焼刃土《やきばつち》の塗《ぬ》り方《かた》をまちがえたら、すべて失敗ってこと？

「いつ冷やすかの見きわめも、刀匠《とうしょう》ならではの技《わざ》だな」

すごい！　刀造《かたなづく》りって、とてつもない知識《ちしき》と経験《けいけん》と技《わざ》が必要なんだね！

「というわけで、このあと、刃《は》をみがいて、刀身は完成だ」

5　火《ひ》造《づく》り

刀らしい形になった鉄板を、
小槌《こづち》でたたきながら、
さらに形を整えていく。

6　土《つち》置《お》き

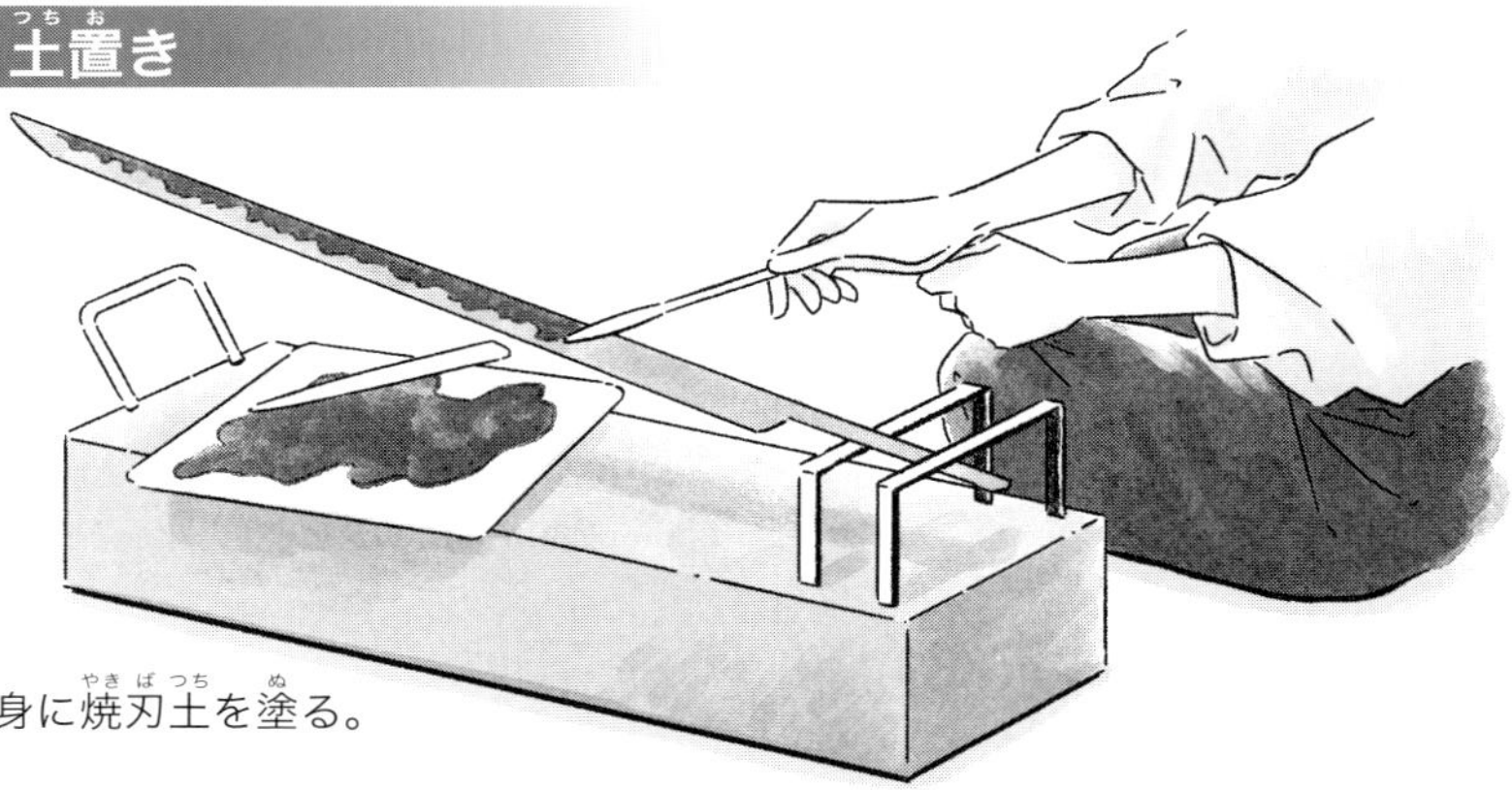

刀身に焼刃土《やきばつち》を塗《ぬ》る。

7　焼《や》き入《い》れ

熱した刀身を一気に水で冷やす。

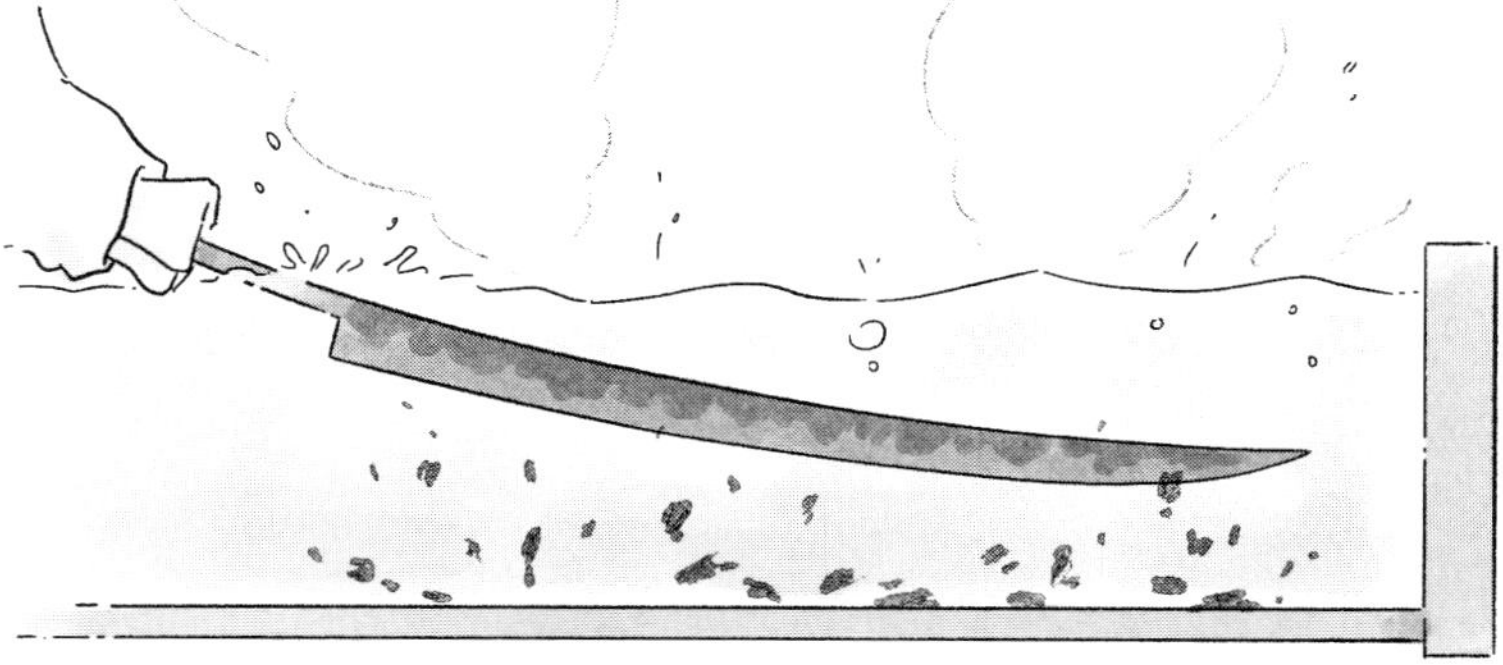

ゴーグルをはずすと、いつのまにか、次の展示室《てんじしつ》に移動《いどう》していた。

あたりには、たくさんの人がいて、ガラスケースにおさめられた、たくさんの刀に目を輝《かがや》かせている。

「ここからは、各時代の名人級の刀工と、彼《かれ》らが作ったさまざまな名刀を見ていこう。なかには不思議な伝説が語られている刀もあるんだぞ」

「日本刀が初めて作られたのは平安時代《へいあんじだい》で、この時代は太刀《たち》、だよね？」

「正解《せいかい》！　瀬那《せな》、すっかり刀剣《とうけん》マニアになったようだな」

えへへへへ！

●平安時代《へいあんじだい》の刀工と名刀

「天国《あまくに》」　大和国《やまとのくに》（現在《げんざい》の奈良県）の刀工

「日本刀でいちばん古いとされる『小烏丸《こがらすまる》』を作った人だね」

「どんな人かはわかってないが、とにかく〝日本刀の祖《そ》〟と呼《よ》ばれてるぞ」


「安綱《やすつな》」　伯耆国《ほうきのくに》（現在《げんざい》の鳥取県西部）の刀工

「たたら製鉄《せいてつ》がさかんだった地域《ちいき》の人だね」

「鎬造《しのぎづく》りの太刀《たち》で、国宝《こくほう》『童子切安綱《どうじぎりやすつな》』を作った人として有名よ」

「ねえちゃん、童子切《どうじぎり》って、まさか子どもを斬《き》ったとか？」

「ちがうわよ。『酒呑童子《しゅてんどうじ》』っていう鬼《おに》のことよ」

平安時代の中ごろ、京の都で、姫《ひめ》が鬼《おに》の一味にさらわれる事件《じけん》が続いた。その一味の頭《かしら》が『酒呑童子《しゅてんどうじ》』。酒が好きなことから、そう呼《よ》ばれたんだって。

「その酒呑童子《しゅてんどうじ》を、源頼光《みなもとのよりみつ》がこの刀で退治《たいじ》した、そう伝えられているの」

「安綱《やすつな》は『鬼切丸《おにきりまる》』、別名『髭切《ひげきり》』という名刀も作ってる。それがこれだ！」

うわっ、おじいちゃんが、めっちゃ推《お》してた刀だ！

「これにも、有名な鬼退治《おにたいじ》の伝説があるんだ」

源 頼光《みなもとのよりみつ》のお父さんの満仲《みつなか》という人が、安綱《やすつな》に作らせたのがこの刀。酒呑童子《しゅてんどうじ》が退治《たいじ》されたとき、茨木童子《いばらきどうじ》という鬼《おに》だけが逃《に》げのびたんだって。でも後に、頼光《よりみつ》の家来の渡辺綱《わたなべのつな》が、この鬼《おに》につかまり、空を飛んで連れ去られそうになったんだけど、京都にある北野天満宮《きたのてんまんぐう》という神社の上空に差しかかったときに鬼《おに》の力が弱まり、この刀でその鬼《おに》の腕《うで》を切り落としたことから、『鬼切丸《おにきりまる》』の名前がついた。

「それで、おじいちゃん、『髭切《ひげきり》』っていう名前はどうして？」

「刀ができあがったとき、注文した満仲《みつなか》が死体で試《ため》し切《ぎ》りをしたんだが、胴《どう》体《たい》はもちろん、細いひげまで切れるほどするどかったんだよ」

なんか、話がこわいんですけど……。

「それ以降《いこう》『髭切《ひげきり》』は、源氏《げんじ》の頭領《とうりょう》に受けつがれていったんだ。平安時代《へいあんじだい》の終わり、源頼朝《みなもとのよりとも》が平家《へいけ》を倒《たお》せたのも、『髭切《ひげきり》』のおかげだという伝説もある！　わしにとって、安綱《やすつな》の名刀といえば『髭切《ひげきり》』だ！」

またはじまったよ、おじいちゃんの強烈《きょうれつ》な『髭切《ひげきり》』推《お》し……。

とにかく、安綱作《やすつなさく》のふたつの名刀が、鬼殺隊《きさったい》の『日輪刀《にちりんとう》』のモデルにふさわしいのは、わかりました。

「三条宗近《さんじょうむねちか》」　山城国《やましろのくに》（現在《げんざい》の京都府南部）の刀工

「これが、天下五剣《てんかごけん》で、もっとも美しいといわれる『三日月宗近《みかづきむねちか》』だ」

「きゃあ！　ついにあたしの三日月《みかづき》さまの登場よ！」

いやや、ねえちゃんのじゃないだろ。

でも、たしかに美しいね。なんというか、反り方がかっこいい。

「でも、どうして三日月《みかづき》？　刀の反り方が三日月っぽいってこと？」

「刃文《はもん》の上を見てごらん。三日月の形をした模様《もよう》が見えるだろう？」

ほんとだ。

「あの模様《もよう》は『打除《うちの》け』といって、焼《や》き入《い》れのときにできるものなんだ」

刀造《かたなづく》りの最後の工程《こうてい》のときだね。

「刃文《はもん》をたなびく雲に見立てると、打除《うちの》けが雲の上に浮《う》かぶ三日月のように見える。そこから『三日月宗近《みかづきむねちか》』と名づけられたんだ」

ほかにも、三日月形の打除《うちの》けがたくさんあることが名前の由来——そういう説もあるらしい。
「とにかく三日月《みかづき》さまは、貴族《きぞく》のように優雅《ゆうが》で美しいのよ！」
ねえちゃん、刀と、刀剣乱舞《とうけんらんぶ》のキャラと、ごちゃまぜになってない？
「いやいや、奈々《なな》のいうことも正しいぞ。平安時代《へいあんじだい》の日本刀は、武器《ぶき》という
より、もっぱら美術品《びじゅつひん》として貴族《きぞく》たちに愛されたんだから」
つまり、日本刀は誕生《たんじょう》したときから、美しさや神々《こうごう》しさを求められてい
たってことなんだって。

「三池典太光世《みいけでんたみつよ》」　筑後国《ちくごのくに》（現在《げんざい》の福岡県南部）の刀工
「九州の刀工が作った天下五剣《てんかごけん》のひとつが、この太刀《たち》『大典太光世《おおでんたみつよ》』だ」
「さっきの『三日月宗近《みかづきむねちか》』と比《くら》べると、短いし、ずんぐりしてるような」
「刀を見る目が養われてきたようだな、瀬那《せな》！　そう、平安時代の太刀《たち》の多
くがすらりとスマートな姿《すがた》をしているなか、このどっしりとした感じこそ

が、光世《みつよ》の個性《こせい》なんだよ」

「しかも『大典太光世《おおでんたみつよ》』には霊力《れいりょく》があるのよ」

「まったまたぁ。刀剣乱舞《とうけんらんぶ》ONLINE《オンライン》のやりすぎだよ、ねえちゃん」

「いやいや、そういう伝説があるのは、ほんとうだ」

そういったのは、ねえちゃんじゃなくて、おじいちゃん。

「ある戦国武将《せんごくぶしょう》の娘《むすめ》が病気になったとき、枕元《まくらもと》に『大典太光世《おおでんたみつよ》』を置くと、またたくまに治ったたというんだ。それも一度じゃなく、何度も」

ほかにも、『大典太光世《おおでんたみつよ》』をしまった蔵《くら》の屋根に留《と》まった小鳥が死んだとか、霊力《れいりょく》をおそれて、人間も一年に一度しか蔵《くら》を開けなかったとか、さまざまな言い伝えがあるんだって。ちょっとこわいね。

●鎌倉時代《かまくらじだい》の刀工と名刀
「青江恒次《あおえつねつぐ》」備中国《びっちゅうのくに》（現在《げんざい》の岡山県西部）の刀工

「鎌倉時代《かまくらじだい》の初めには、天下五剣《てんかごけん》のうちの二振《ふたふり》が作られている。そのひとつが、この『数珠丸恒次《じゅずまるつねつぐ》』だ」

名前の由来は、この刀の持ち主の日蓮《にちれん》というお坊《ぼう》さんが、柄《つか》に数珠《じゅず》を巻《ま》きつけていたかららしい。

「でも、おじいちゃん、刀は武器《ぶき》だよね？　命の大切さを説くお坊《ぼう》さんには、ふさわしくないような気がするんだけど」

「たしかに。ただ、お坊《ぼう》さんが山で修行《しゅぎょう》することもあるだろう？　それで信者から『山賊《さんぞく》に襲《おそ》われたときの護身用《ごしんよう》に』と贈《おく》られたらしい」

でも、日蓮《にちれん》は、この刀の美しさに感動したんだって。

「それで、人の心にすむ『邪《じゃ》』を退治《たいじ》するものとして、大切にしたんだ」

「粟田口国綱《あわたぐちくにつな》」　山城国《やましろのくに》（現在《げんざい》の京都府南部）の刀工

「この人は、天下五剣《てんかごけん》のひとつ『鬼丸国綱《おにまるくにつな》』という太刀《たち》を作ったことで、歴《れき》史《し》に名を残しているぞ」

「鬼丸《おにまる》ってことは、鬼《おに》を斬《き》ったの？　これも日輪刀《にちりんとう》のモデル？」

「どうかな？　この刀の伝説は、ちょっと変わってるからね」

　源頼朝《みなもとのよりとも》を助けて鎌倉幕府《かまくらばくふ》を作った家来に、北条時政《ほうじょうときまさ》って人がいて、夢《ゆめ》の中に現《あらわ》れる小鬼《こおに》に苦しめられていたときのこと（夢《ゆめ》を見たのは北条《ほうじょう》時頼《ときより》という説もあるらしい）。

「ある晩《ばん》、夢《ゆめ》に『鬼丸国綱《おにまるくにつな》』と名乗る老人が現《あらわ》れ、自分の体についた錆《さび》をきれいにしてほしいといったんだ」

「それって、刀が人の姿《すがた》になって、たのんできたってこと？」

「そうとも。刀は、玉鋼《たまはがね》の段階《だんかい》から、たくさんの人が丹精《たんせい》こめて造《つく》るものだからな、自然と魂《たましい》が宿るものなんだよ」

北条時政《ほうじょうときまさ》は、目覚めると、さっそく国綱作《くにつなさく》の太刀《たち》を出して、ていねいに錆《さび》を落とした。そして、鞘《さや》におさめないまま、柱に立てかけておいた。

「すると、太刀《たち》が自然と倒《たお》れてな、そばにあった火鉢《ひばち》の飾《かざ》りを切り落とした。その飾《かざ》りを見ると、なんと夢《ゆめ》に出てきた小鬼《こおに》とそっくりでな。それ以来、小鬼《こおに》は時政《ときまさ》を苦しめることはなくなったんだ」

刀が、火鉢《ひばち》に宿っていた妖怪《ようかい》の小鬼《こおに》から、主人を助けてあげたんだね。

それにしても、倒《たお》れた勢《いきお》いだけで切り落とすって、切れ味すごっ！


「正宗《まさむね》」　相模国《さがみのくに》（現在《げんざい》の神奈川県西部）の刀工

「それまで刀の名産地といえば、大和国《やまとのくに》、山城国《やましろのくに》、そしてたたら製鉄《せいてつ》がはじまったとされる備前国《びぜんのくに》だったんだが、そこに相模国《さがみのくに》が加わったのは、この人の活躍《かつやく》のおかげといわれている」

「政治《せいじ》の中心地が京都から鎌倉《かまくら》にうつったからよね？」

「さすがは奈々《なな》、歴史《れきし》にくわしいな。それじゃあ、もうひとつ聞こう。鎌倉《かまくら》時代《じだい》の中期、大きな戦争があったんだが、知ってるかな？」

「元寇《げんこう》でしょ。中国を支配《しはい》していたモンゴル帝国《ていこく》が、攻《せ》めてきたのよ」

あれ？　それ、さっきおじいちゃんが出したクイズに関係ある？

ほら、『太刀《たち》とそれ以外のちがいはなんでしょう』ってやつ。

「そのとおり！　元寇《げんこう》が新しい刀を生むきっかけになったんだよ」

おじいちゃんの話によると、そのころ日本の合戦は、騎馬武者《きばむしゃ》が一騎打《いっきう》ちをするのが常識《じょうしき》だった。『やぁやぁ、われこそは××！』って、名乗りをあげてから、馬に乗ったまま、斬《き》りあうんだって。

「ところが、元《げん》は集団戦法《しゅうだんせんぽう》だ。歩兵が一気に押《お》し寄《よ》せてくる。のんびり太刀《たち》をぬいている余裕《よゆう》はないし、何度となく刀を打ちあわせることになる」

その結果、元《げん》の歩兵が使う、幅《はば》が広くて長い青龍刀《せいりゅうとう》に、太刀《たち》が折られることも多かった。

「そこで太刀《たち》より短く、よりがんじょうな歩兵用の刀が必要になった。そんななか、正宗《まさむね》はこの刀を作ったんだ」

『無銘正宗《むめいまさむね》（名物観世正宗《かんぜまさむね》）』

「これはもともと太刀《たち》だったものを、茎《なかご》を切りつめて短くしてある。これなら歩兵も使いやすいからな。ただし、持ち方を変えれば、だが」

持ち方を変える？　あ、ちょっと待って。クイズの答え、わかったかも。

「太刀《たち》と、打刀《うちがたな》・脇差《わきざし》のちがいは、身につける向きが逆《ぎゃく》、でしょ？」

「正解《せいかい》！」

やった！　でも、どうして？

「刀のぬきやすさのちがいだよ。馬に乗っているときに使う太刀《たち》は、刃《は》を下に、立って戦うときに使う打刀《うちがたな》・脇差《わきざし》は、刃《は》を上にしたほうがぬきやすい」

それで身につけ方も、反対になったんだって。

「呼《よ》び方《かた》もちがうんだぞ。刃《は》を下にして身につけるのは『佩《は》く』、刃《は》を上にして身につけるのは『差《さ》す』とか『帯《お》びる』という」

「三日月《みかづき》さんは、『三日月宗近《みかづきむねちか》』を佩《は》いているわけね」

「そして、鬼殺隊《きさつたい》は日輪刀《にちりんとう》を腰《こし》に差し

佩《は》く

差《さ》す（帯《お》びる）

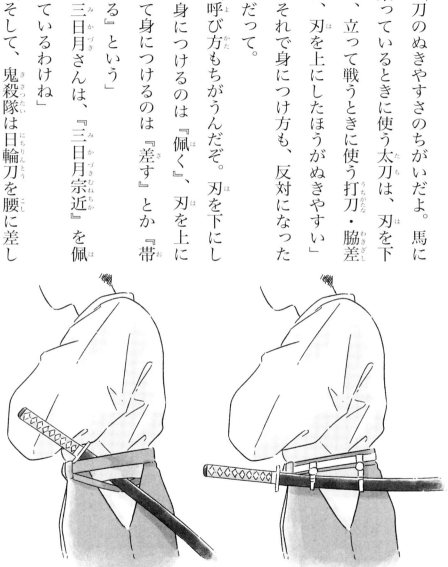

ている、か」

これから刀で遊ぶときも、気をつけないといけないな。日輪刀《にちりんとう》を〝佩《は》いて〟炭治郎《たんじろう》になったつもりでいたら、マヌケだよね。

「ただし、『無銘正宗《むめいまさむね》』はまだ打刀《うちがたな》じゃない。さっきもいったが、長さをつめただけだからな。打刀《うちがたな》の登場は、次の室町時代《むろまちじだい》の後半からだ」

●室町時代以降《いこう》の名工と名刀

「村正《むらまさ》」伊勢国《いせのくに》（現在《げんざい》の三重県東部）の刀工

「室町時代の中ごろに、応仁《おうにん》の乱《らん》という戦《いくさ》が起きて、そのあと、日本じゅうで戦争が続く、戦国時代《せんごくじだい》になったことは知ってるな」

「武田信玄《たけだしんげん》、上杉謙信《うえすぎけんしん》、織田信長《おだのぶなが》とか、戦国武将《せんごくぶしょう》の時代ね」

合戦では軍勢《ぐんぜい》の数も多くなり、当然、刀もたくさん必要になる。そこで、刀の大量生産がはじまった。

「そんななか、村正《むらまさ》の刀はとにかく『折れず・曲がらず・よく切れる』。しかも美しいということで、たくさんの武将《ぶしょう》や兵たちにもてはやされたんだ」

ただし、村正《むらまさ》の正体はなぞに包まれているんだって。

村正《むらまさ》という名前も、ひとりの刀工というより、室町時代《むろまちじだい》から江戸時代《えどじだい》の初めまで続く、刀工の一派《いっぱ》をさすらしい。

「村正《むらまさ》が造《つく》った刀剣《とうけん》は、打刀《うちがたな》はもちろん、脇差《わきざし》、槍《やり》、短刀《たんとう》にいたるまで、あらゆるものが名刀として、いまに伝えられているぞ」

「おじいちゃん、脇差《わきざし》って、なに？」

「打刀《うちがたな》より短い刀のことだよ。戦場では、打刀《うちがたな》が使えなくなることもあるだろう？　そのための予備《よび》の武器《ぶき》として腰《こし》に差したのがはじまりらしい」

でも、戦《いくさ》のなくなった江戸時代にも、脇差《わきざし》は残ったんだって。

「むしろ武士《ぶし》の正装《せいそう》として、打刀《うちがたな》と脇差《わきざし》を常《つね》に持つ『大小二本差し』が、幕《ばく》府《ふ》から義務《ぎむ》づけられたんだ。さらに、町人も脇差《わきざし》を一本差すことが許《ゆる》された」

「ってことは、刀工の仕事もふえたんでしょうね」

そういうねえちゃんに、おじいちゃんはきっぱりと首をふった。

「戦《いくさ》がない世の中では、刀は金持ちの大名や商人のあいだの贈《おく》り物《もの》にされたりした。そんな高級品を造《つく》れるのは、一部の刀工だけだから」

多くの刀工は、包丁やカミソリのような、日常生活《にちじょうせいかつ》で使う刃物《はもの》を作る職人《しょくにん》になっていったんだって。

「そして、江戸時代《えどじだい》が終わり、刀の武器《ぶき》としての使い道は消えた。日本刀は完全に美術品《びじゅつひん》になったんだよ」

おじいちゃんの話が終わったところで、ぼくたちも展示会《てんじかい》の出口に着いた。

「どうだった？　日本刀のことが、少しは理解《りかい》できたかね？」

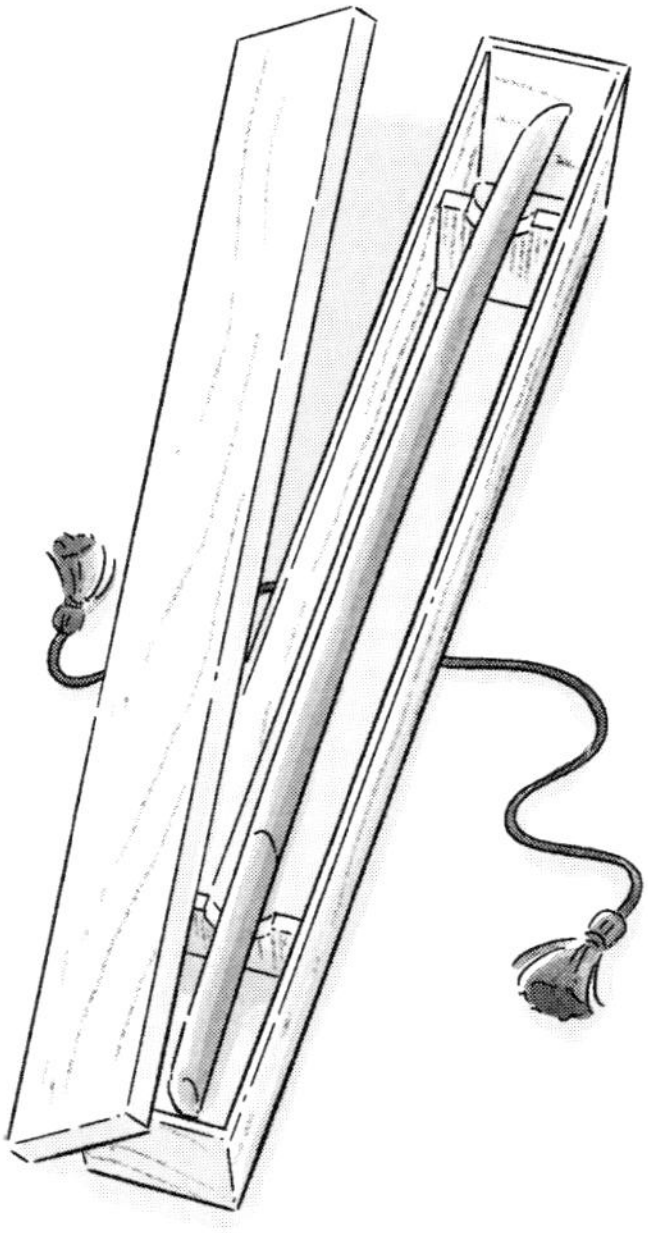

「少しどころか、めっちゃくわしくなった気分だよ！」

刀がただの武器《ぶき》じゃなかったことに、まず、びっくりしたな。

「もちろん、みんな、少しでも強い武器《ぶき》を作ろうとしたんだろうけど、その熱意が刀を美しい芸術品《げいじゅつひん》に変えていったんだね」

「芸術品《げいじゅつひん》以上でしょ。刀には魂《たましい》がこもってるの。三日月《みかづき》さんみたいな、美しい化身《けしん》が現《あらわ》れるほどに……」

はあ。ほんものの『三日月宗近《みかづきむねちか》』を目にしたせいで、ねえちゃんのオタク度、さらにアップ……。

「なにをいってるんだ、奈々《なな》！『三日月宗近《みかづきむねちか》』より、『鬼切丸《おにきりまる》』のほうが、ずっと美しくて、かっこよかっただろう！」

おじいちゃん？

「いっしょうけんめいに説明して、ほんものの刀まで見せてやったのに、まだ『鬼切丸《おにきりまる》』の美しさがわからんとは！わしはもう帰る！」

ちょっと、そんなに興奮《こうふん》しなくても……。

ああ、行っちゃったよ。どうなってるの？

ねえちゃんとぼくは、あっけにとられたまま、ふたりで家に帰ることに。

ところが、玄関《げんかん》の前まで来ると、そこには、おじいちゃんの姿《すがた》が。

「なんだ、おじいちゃん。先に帰ってただけだったのね」

ねえちゃんがそう声をかけると、おじいちゃん、目が点に。

「え？　先にって、なんの話だ？」

「いや、だから、さっきいっしょに県立博物館の刀剣展示会《とうけんてんじかい》に……」

「刀剣《とうけん》？　わしが？　おまえたちと？　わしはどこにも行っていないぞ。それに確《たし》か、県立博物館はいま工事中のはずだぞ」

こんどは、ぼくとねえちゃんの目が点に。でも不思議《ふしぎ》そうな顔をしているおじいちゃんを見ているうち、ふと気づいた。

「ねえちゃん。さっきの〝おじいちゃん〟、『鬼切丸《おにきりまる》』の化身《けしん》なんじゃない？」

『鬼切丸《おにきりまる》』をやたらに推《お》してたのも、そう思えば納得《なっとく》がいくし。

「刀に興味《きょうみ》を持っていたぼくたちを、まぼろしの展示会《てんじかい》につれて行って、『鬼切丸《おにきりまる》』が天下五剣《てんかごけん》に負けないぐらい美しいことを、知ってほしかったんだよ」

日本刀のこと、いろいろ教えてくれてありがとう。知識《ちしき》をいかして、こんどはじっくり、『鬼切丸《おにきりまる》』のすばらしさを見てくるよ。

おはなし
日本文化
ひとくちメモ

鉄から刀へ――。日本人の技術《ぎじゅつ》が生みだしてきた刀剣《とうけん》。

**戦うための武器《ぶき》であり、
神に捧《ささ》げる宝物《ほうもつ》だった日本刀。
その美しさが注目を集めています。**

日本刀ブームがはじまる!?

これまでも日本刀にはたくさんの愛好家がいましたが、瀬那《せな》や奈々《なな》のように、マンガやアニメ、ゲームの影《えい》響《きょう》で、日本刀に興味《きょうみ》を持つ若《わか》い人がふえているといわれています。こうした動きをうけて、人気マンガとコラボした刀剣展《とうけんてん》が日本各地で開催《かいさい》され、多くの人がつめかけています。

また、海外の人たちのあいだでも日本刀に注目が集まっていて、日本刀を新しい観光の柱にするところもふえています。岡山県瀬戸内市《せとうちし》の備前長船地区《びぜんおさふねちく》は、鎌倉時《かまくらじ》代《だい》中期から昭和初期まで刀造《かたなづく》りの盛《さか》んなところでした。この地にある備前長船刀剣博物館《びぜんおさふねとうけんはくぶつかん》を中心に、海外に向けて刀剣《とうけん》の魅力《みりょく》を発信しています。これからも日本刀を愛する人はふえていくでしょう。

宮本武蔵《みやもとむさし》と佐々木小次郎《ささきこじろう》

宮本武蔵《みやもとむさし》と佐々木小次郎《ささきこじろう》は、刀のすぐれた使い手「剣豪《けんごう》」としてとくに有名です。

宮本武蔵《みやもとむさし》はふたつの刀をあやつる兵法二天一流《へいほうにてんいちりゅう》の開祖《かいそ》であり、剣術《けんじゅつ》の奥義《おうぎ》をまとめた『五輪書《ごりんのしょ》』の著者《ちょしゃ》として知られています。

その武蔵《むさし》の最大のライバルが佐々木小次郎《ささきこじろう》です。武者修行《むしゃしゅぎょう》のため日本中をめぐり、剣法《けんぽう》「燕返《つばめがえ》し」をあみだし、「岩流《がんりゅう》」という流派《りゅうは》をはじめました。

ふたりは、一六一二年四月十三日に巌流島《がんりゅうじま》（山口県下関市《しものせきし》の船島《ふなしま》）で決闘《けっとう》をしました。決闘《けっとう》の約束は辰《たつ》の上刻《じょうこく》（午前八時）でしたが、武蔵《むさし》が島に到着《とうちゃく》するのが遅《おく》れました。武蔵《むさし》が遅刻《ちこく》したことに怒《おこ》った小次郎《こじろう》が、物干竿《ものほしざお》ともいわれた長さ三尺《じゃく》（約九十センチ）の愛刀で武蔵《むさし》に襲《おそ》いかかりましたが、武蔵《むさし》は船の櫂《かい》を削《けず》って作った木刀で反撃《はんげき》し、武蔵《むさし》が勝ちました。こうしたふたりの決闘《けっとう》のようすは、映画《えいが》や小説で描《えが》かれてきましたが、真偽《しんぎ》のほどは確《たし》かではありません。

宮本武蔵《みやもとむさし》と佐々木小次郎《ささきこじろう》の決闘《けっとう》の場面
新・講談社《こうだんしゃ》の絵本『宮本武蔵《みやもとむさし》』より

天下五剣《てんかごけん》

これが日本刀の傑作五振《けっさくいつふり》だ！

★が天下五剣です。

★童子切安綱《どうじぎりやすつな》

この刀で 源 頼光《みなもとのよりみつ》が酒呑童子《しゅてんどうじ》を退治《たいじ》したと伝わる。

東京国立博物館蔵　ColBase (https://colbase.nich.go.jp)

★三日月宗近《みかづきむねちか》

奈々《なな》のイチ推《お》し！　刃文《はもん》に三日月《みかづき》が浮《う》かぶ名刀。

東京国立博物館蔵　ColBase (https://colbase.nich.go.jp)

★大典太光世《おおでんたみつよ》

戦国武将《せんごくぶしょう》の娘《むすめ》の病気を治したという伝説がある。

前田育徳会蔵

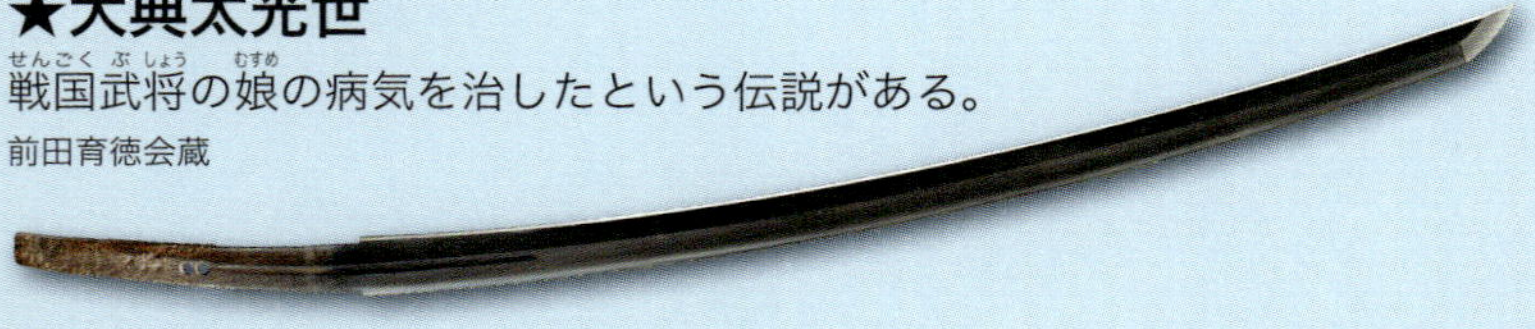

★数珠丸恒次《じゅずまるつねつぐ》

日蓮《にちれん》が護《まも》り刀《がたな》として大切にした名刀。

本興寺蔵

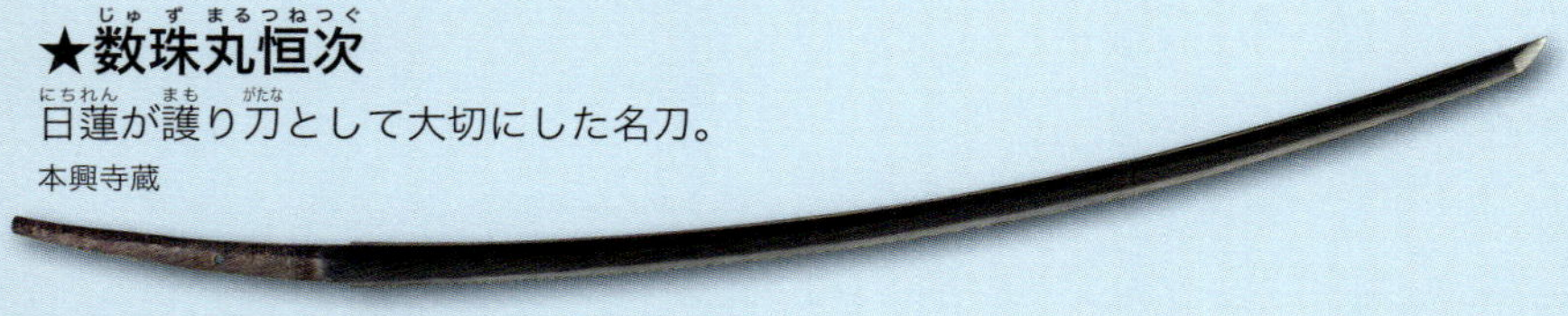

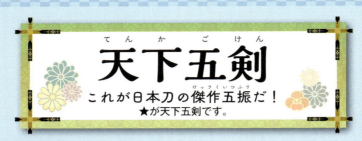

鬼切丸《おにきりまる》（別名：髭切《ひげきり》）

おじいちゃんイチ推《お》し！　渡辺綱《わたなべのつな》が、この刀で
茨木童子《いばらきどうじ》の腕《うで》を切り落としたと伝わる。

北野天満宮蔵

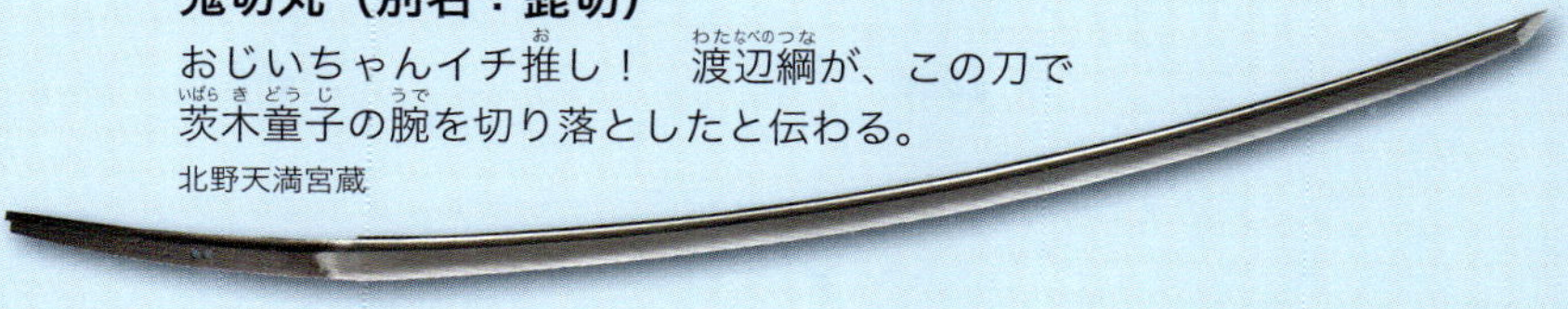

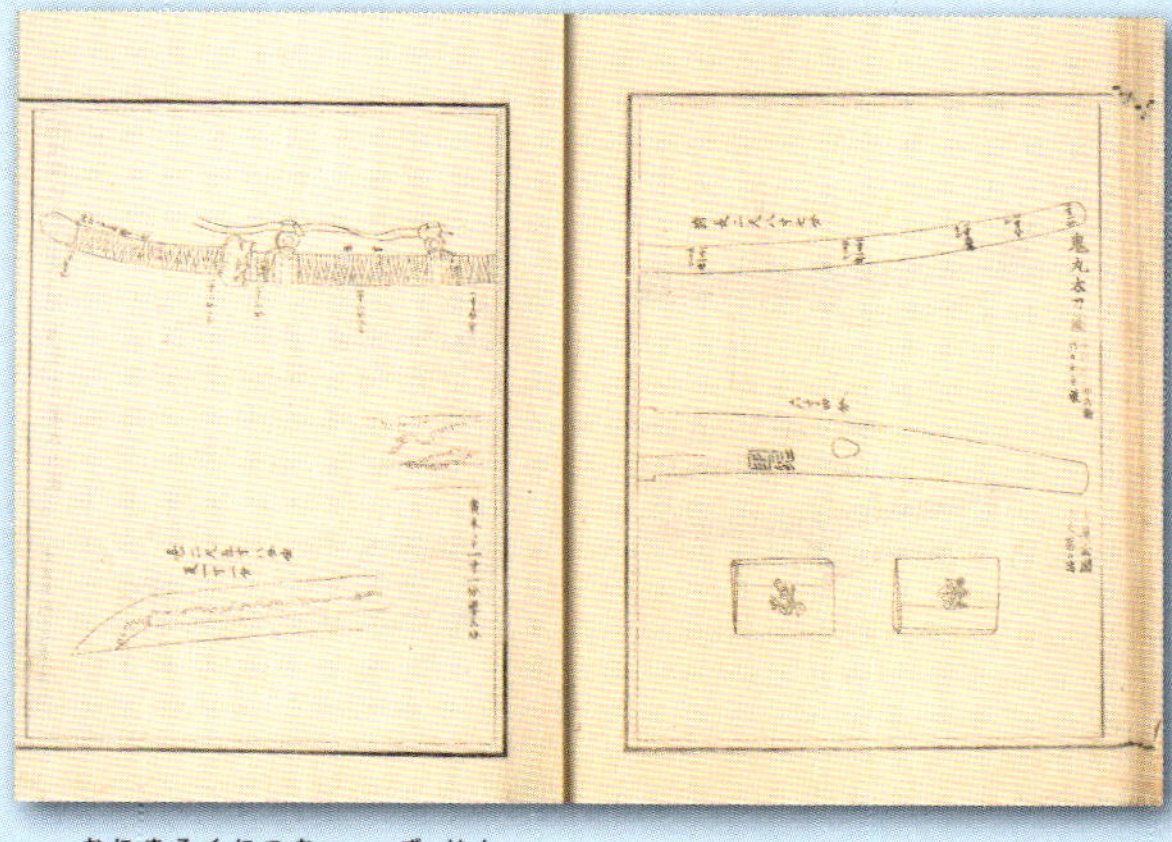

★鬼丸国綱《おにまるくにつな》の図版《ずはん》

北条時政《ほうじょうときまさ》を小鬼《こおに》から助けた伝説がある。『集古十種《しゅうこじっしゅ》』より。

国立国会図書館デジタルコレクション

無銘正宗《むめいまさむね》（名物観世《かんぜ》正宗《まさむね》）

茎《なかご》を切りつめて短くして、使いやすくした刀。

東京国立博物館蔵　ColBase (https://colbase.nich.go.jp)

村正《むらまさ》（脇差《わきざし》）

じょうぶで切れ味もよく、武将《ぶしょう》や兵に人気だった刀。

九州国立博物館蔵　ColBase (https://colbase.nich.go.jp)

石崎洋司｜いしざき ひろし

東京都生まれ。慶應義塾大学経済学部卒業。『世界の果ての魔女学校』で野間児童文芸賞、日本児童文芸家協会賞、『「オードリー・タン」の誕生 だれも取り残さない台湾の天才IT相』（以上、講談社）で産経児童出版文化賞JR賞受賞。主な著書に、「黒魔女さんが通る!!」シリーズ（講談社青い鳥文庫）、「講談えほん」シリーズ、「陰陽師東海寺迦楼羅の事件簿」シリーズ、『おはなしSDGs 安全な水とトイレを世界中に 水とトイレがなかったら?』、翻訳の仕事に『クロックワークスリーマコーリー公園の秘密と三つの宝物』（以上、講談社）などがある。

かわいちひろ

東京都在住。漫画家・イラストレーター。現在、「モーニング・ツー」で「リーマンミーツホスト」を連載中。装画・挿画を手がけた作品に『天の台所』『要の台所』（落合由佳・作／ともに講談社）、『タブレット・チルドレン』（村上しいこ・作／さ・え・ら書房）、『かずさんの手』（佐和みずえ・作／小峰書店）などがある。

参考資料
- 『知識ゼロからの 日本刀入門』土子民夫／監修（幻冬舎）
- 『刀匠が教える 日本刀の魅力』河内國平・真鍋昌生／著（里文出版）
- 『鬼を切る 日本の名刀』小和田泰経／監修（枻出版社）
- 刀剣・日本刀の専門サイト「刀剣ワールド」
  https://www.touken-world.jp/

※この作品はフィクションであり、作中の刀剣展示会は実在しません。

おはなし日本文化《にほんぶんか》　刀剣《とうけん》

めざせ、刀剣《とうけん》マスター！

2025年2月20日　第1刷発行

作　石崎洋司《いしざきひろし》

絵　かわいちひろ

発行者　安永尚人

発行所　株式会社講談社

〒112-8001 東京都文京区音羽2-12-21

電話　編集 03-5395-3535

販売 03-5395-3625

業務 03-5395-3615

印刷所　共同印刷株式会社

製本所　島田製本株式会社

KODANSHA

N.D.C.913 79p 22cm ©Hiroshi Ishizaki / Chihiro Kawai 2025 Printed in Japan ISBN978-4-06-538377-3

ブックデザイン／脇田明日香　コラム／編集部

本書は、主に環境を考慮した紙を使用しています。

VEGETABLE OIL INK